賣火柴
的女孩

人物介紹：

陳韻如

高中時代的韻如，在校的成績超群、品學兼優再加上好善樂施的個性，非常受老師和同學們愛戴。平常的興趣就是涉獵各種書籍、刊物，這種習慣是和小時候發生的事情環環相扣的。因為親生母親在生下她之後，選擇離開這個家庭，六歲的時候，親生爸爸也離開了人世，造成她從小就缺乏了安全感，總是只能依靠著某件事物，來證明自己與眾不同，卻不知道這只是在鑽牛角尖。

杜欣翰

高中一年級的新生，因為下定決心要完成夢想，而進了採訪社努力著，希望有朝一日能當上記者。個性有些吹毛求疵，有潔癖的習慣。

陳進章

承攬政府工程的承包商人，總是辛苦的在夜晚出去工作。另外一個身份，則是韻如的監護人，因為看到自己的哥哥有段不美好的婚姻，怕會間接影響到韻如往後的生活，所以將韻如當作自己的親生女兒養育著。平常的嗜好是打麻將、喝酒。

王美月

進章的老婆。非常重視家庭的女性，卻對其他家族的人有強烈的排外感。疑神疑鬼的個性，總是被周遭的人影響，因此更加的猜忌他人。尖酸刻薄是她的拿手武器。

陳義弘

進章和美月的獨生子，從小被美月寵壞了，造成他善惡不分，時常以欺負韻如為樂，完全沒有一個身為兄長的擔當，總是嫉妒著父親刻意的照顧韻如，只好常常使用一些扯後腿的招數，來表達心中的不平衡。

周伯伯、許阿姨

兩位都是退休的老師，因為許阿姨早期被驗出不孕症，兩夫婦就不斷為此苦惱著，他們之間有個夢想，就是領養一個屬於兩人的孩子，也因此和韻如結下了密不可分的關係。

目次

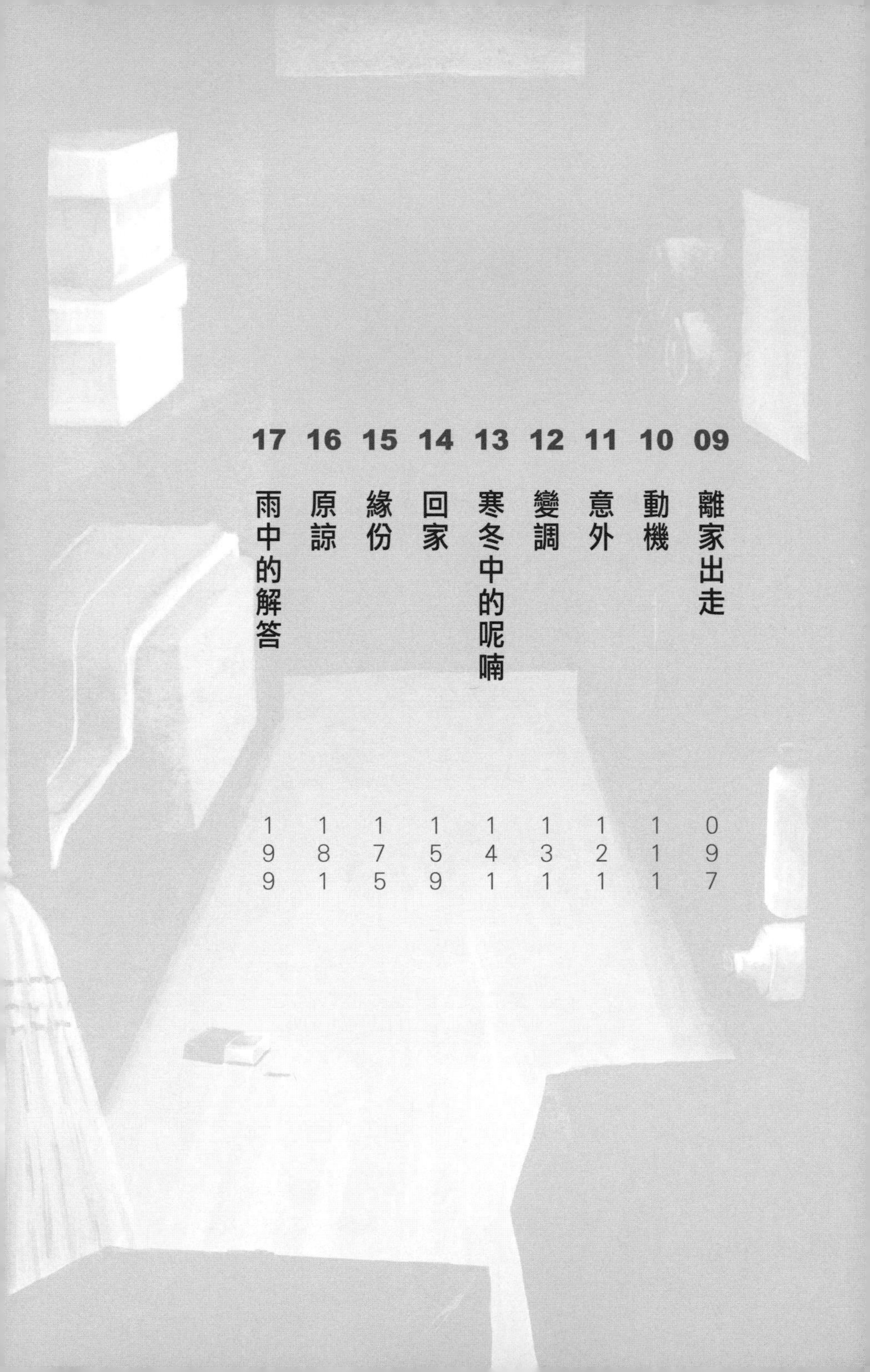

01 故事書的女主角

狹小的教室裡，五位年輕有活力的學生們手邊正忙碌著，他們揮汗如雨般的工作，似乎在為一場重要的戰爭做事前準備。

「欣翰，今天的採訪稿準備好了嗎？」一位女性在遠方呼叫著。

「好、好了！學姊。」那位叫做欣翰的男孩子，有帶著生澀稚嫩的臉龐。

「東西都拿好了嗎？那我們快出發吧！」一旁的男孩催促著。

欣翰拿著手邊一大組相機腳架，笨重的跟在他們後面。

「學姊，我們今天是要採訪哪位大人物啊？」欣翰問著。

「其他人沒跟你說過嗎？也難怪，今天是你入社團後，第一次給你實際跑採訪的案子，不希望你被那位大人物的事蹟給嚇到。」

「那……你們口中的那位大人物到底是誰呀？」欣翰好奇的問道。

「等一下表揚大會結束，你就會知道了。所以，今天你可要好好加油喔！」學姊握緊拳頭做出加油的動作。

「嗯！」欣翰一副自信滿滿的樣子。

偌大的學校禮堂，裡面的教官和老師們正在指揮學生依序入座，不到十分鐘時間，禮堂裡全是滿滿的學生。看著中央那斗大的標題『六十一學年度優秀學生暨傑出校友頒獎典禮』，就可以猜想到好幾位優秀的同學上臺領獎的畫面。典禮開始了，首先校長來致詞，再換幾個傑出校友代表出來露個臉講個話，其實這些不就是例行公事嗎？

但是學長、學姊口中的那位大人物，不也是其中一位，為何要特別的挪出來比較？實在是令欣翰百思不得其解。

「學姊……」欣翰小聲的問道：「妳們所說的那位大人物，是因為課業優秀、操行品德超群，才上來接受表揚的吧？」

「你真的那麼覺得？」學姊摸著她手腕那道不知何故的疤痕。

「這個疤是？」

「我以為我的際遇如此不幸，只會怨天尤人自暴自棄，但是那位大人物比我痛苦好幾倍，卻能堅強的活下去，現在看來像是盛開的花朵一樣，令人讚嘆……」學姊有感而發的說著。

「我可是受過那位大人物幫助，才走出手腕上這條疤痕的陰影，所以你心中的質疑，就會在這裡得到解答的。」學姊微笑的說。

臺上的主持人看著手中的小抄，「接下來，我們請三年級優秀學生代表陳韻如同學上臺為我們全校的師生嘉勉幾句……」主持人的話還沒講完，底下的人們卻已經掌聲如雷的歡迎她。

欣翰屏氣凝神的等著，好奇的想知道她究竟擁有何種魔力，能讓大家如此看重她？除了功課、操行名列前茅之外，難道有讓人讚嘆的特殊才藝嗎？

欣翰開始拿起手中筆記，開始記下她所說的，哪怕是一字一句。

「咳咳……」韻如乾咳兩聲。

「校長，各位前輩、老師、同學們大家好！」韻如微笑的看著大家。

「首先，我要給各位看個東西。」

韻如伸手在口袋摸索著，右手緩緩舉起一個東西——一盒火柴。

「大家都知道這是個火柴盒，裡面還有幾支燒過的火柴棒……」

韻如將那火柴盒湊近麥克風晃了一下，裡面出現火柴棒磨擦嘶嘶的聲音。

「大家一定有個疑問，我為什麼要留著這些用過的火柴棒？這是因為我接下來要講一個故事，它很真實的存在這世界上……」韻如如此說道。

「我就像童話故事中的女主角一樣，從燃燒的火柴燭光裡，看到無限的希望，夢想像是暖流般注入我的心。火柴熄滅了，我就得蜷縮在黑暗中忍受四面八方襲來的冷風……」

「我常在想為何我要受這種苦？為什麼是我，不是別人？我曾經想結束掉自己的生命，直到現在……我終於覺得，活著真好……」

臺下出現鼓勵的掌聲……而那些掌聲不絕於耳的環繞在欣翰耳邊，直到韻如說的故事結束。

欣翰從來沒有聽人演說到這麼的忘我，手中的筆記只停留在她前面的那幾段開場白，所以更加下定決心要把她的故事鉅細靡遺的呈現給世人去省思和體會。那悲慘的遭遇，所孕育出堅強的人生觀。

「叩叩——」一陣清脆的敲門聲。

「請進。」欣翰正在準備手中的文件稿。

門被緩緩的打開，一個熟悉的面孔走進來。

「你好，我是陳韻如。」

「啊！韻如學姊，我叫欣翰，不好意思，麻煩妳跑了一趟！」欣翰慌張的拉開椅子讓她坐下，到一旁倒著茶水。

「我第一次看到這麼熱情有幹勁的採訪社員。」韻如微笑的說。

「哈哈！」欣翰搔頭傻笑一下：「是因為韻如學姊的故事太吸引人了，所以我才這麼極力的邀約，不曉得有沒有打擾到學姊？」

「沒有這回事，別放在心上。」接過欣翰遞的茶杯，韻如喝了一口茶水。

「韻如學姊現在的家庭狀況如何呢？」

「很幸福啊！是我想要的家庭。」韻如的眼神充滿著幸福的光芒。

「所以妳的在校成績和操行如此的優秀，都是因為這個家庭帶給妳的信心嗎？」

欣翰翻了韻如的資料，隨口提了一個問題。

「有良好的家庭不等於擁有同等的上進心吧！是因為體會到地獄般的生活、比死亡還要痛苦的折磨，才會如此的珍惜這得來不易的機緣。」韻如有感而發的回答。

「說的也是。」欣翰點頭說。

「我認為自己是一個很幸運的人。世界上，比我還痛苦的人們，比比皆是，而能找到一個溫暖的歸宿，卻是寥寥無幾。所以，我真的很幸福。」韻如口中不斷的強調她很幸運、也很幸福。或許她覺得，失去一切東西的她，本該沒了那些權力，上天卻特別的眷戀她。

「不是這樣的。」欣翰卻抱持著不同想法。

「是因為韻如學姊都沒有放棄希望，才得到豐渥的獎勵，不是嗎？」

「沒錯……是世上最好的獎勵，我可以肯定的。」韻如將雙手緊緊握著茶杯。

韻如將剩下的茶水一飲而盡，欣翰起身要幫她再倒杯茶水時，她卻搖頭示意著不用了。

「其實我並不是你們想像中的堅強，當我遇到瓶頸的時候，我就會拿起這個……」韻如摸索著口袋。

「嗯？」欣翰皺起眉頭望著她。

「你看過的……」她從口袋拿出一樣東西：「火柴盒，我的幸運之物。」

欣翰微笑的點點頭。

「韻如學姊，其實請妳抽空過來一趟，是為了做一個關於學姊的採訪，所以……能告訴我更詳細的內容嗎？」欣翰抱著懇求的眼神。

「可以啊！但是……那不是很好的回憶。」語畢，她便起身走向窗邊。

她的視線望著窗外，許久終於開口了……

02

出生

母親懷胎十月，產下一個健康的女孩子。原本是充滿期待的未來，但是母親卻因為工作的關係，認識了公司員工，也就是外遇的對象，所以她拋棄了家，拋棄父親以及還在襁褓中的我。

父親除了每天努力工作賺錢扶養我之外，就只能借酒澆愁，忘記那個負心的女人。

很不幸的，父親在我六歲的時候因為癌症離開了人世，不幸的事情並沒有就此打住，一切都從我進到進章叔叔的家裡開始……

「我們為什麼要養她！你們不是還有其他兄弟姊妹嗎？」美月嬸嬸直接在庭院外質問著進章叔叔。

「韻如好歹也是我哥哥的女兒，妳就把她當做自己生的女兒來照顧不就好了？」進章叔叔催促韻如趕快拿著行李進去叔叔的家裡。

「喪葬費都是我們家出的錢，你們那些兄弟姊妹哪個有拿錢出來的？連你哥哥欠朋友的錢，我們也要承擔？再加上他的女兒也要我們養？就因為我們比較會賺錢嗎？」美月嬸嬸瞪了韻如一眼，嚇得韻如不敢亂動。

「好了！小孩子在，不要講這些。」進章叔叔牽著韻如進去家裡。

「我們上輩子是不是欠你哥哥啊！」美月嬸嬸歇斯底里的喊著。

進章叔叔，不顧美月嬸嬸的反對，毅然決然的收養我，說怎麼也是哥哥所生的女兒，不能放任不管。

但是美月嬸嬸卻不是這麼想的，背地裡跟街坊鄰居訴苦，說是喪禮費用跟一些私人的債務，叔叔一口氣接了下來，連扶養我的責任也是一肩扛起，帳面上來說，就是個「賠錢貨」進到他們家似的。

剛來這個新家的時候，真的很不習慣，因為上面多了個義弘哥哥。除了剛來幾天沒對我惡作劇之外，幾乎每天活像是他的玩具一樣任人蹂躪，不但要充當玩具，每天還要扮演傭人的角色。

「媽！我出去玩了喔！」吃完飯的義弘哥哥一溜煙的就跑出去玩。

進章叔叔接著說：「美月，我去朋友家打個麻將，晚上不用幫我準備宵夜了，我會直接去工地。」

進章叔叔是個承接政府工程的承包商，半夜出去工作是家常便飯的事情。

飯桌上只剩下我和美月嬸嬸，實在是害怕和她的眼神相視，乾脆埋著頭吃飯。

「妳還要吃多久啊！是嫌飯難吃是不是？那就不要吃啊！」美月嬸嬸尖酸刻薄的聲音。

「沒有……」我怯生生的小聲回答。

「把這些碗筷拿去洗！整天就只會吃閒飯不會做事，養妳不如養條狗！」美月嬸嬸重重的把碗放在桌上，起身要離開。

「還有，我半小時要看到妳把碗洗好！」

她轉身就出去跟鄰居聊天，但是八成又是講我的壞話。

我拿著菜瓜布用力的刷洗盤子，深怕一個沒注意油汙留在盤子上的話，又要挨揍了。

沒多久，美月嬸嬸像是要整我一樣，竟然早了些時間回來。

「還沒有洗完？看妳晚上是不想吃飯了！」

「快好了……」我小聲的回答。

她走過來抓了一個盤子，在上面抹了一下，就拿著手中的盤子敲了我的頭：「妳到底有沒有出力的刷啊？這麼油膩，給我重洗！」

「嗚……嗚……」因為很痛的關係，我忍不住就哭了出來。

「妳再哭啊！」美月嬸嬸直接賞了我一巴掌。

我只能把眼淚往肚裡吞，手腳快速的刷洗那些碗盤。

美月嬸嬸剛開始還會趁著進章叔叔不在的時候指使我去做，之後打掃及清理的工作自然而然變成我日常生活中的一部分。

那時候不明白這麼疼我的進章叔叔為什麼可以接受這種不公平的對待，直到叔叔有次摸著我的頭讚美著我：「這麼小就能自告奮勇的接下家中許多雜事，真是乖孩子。」才知道這也是美月嬸嬸所捏造出來的傑作之一。

我到這個家已經有一陣子了，進章叔叔可能看到我每天悶悶不樂的神情，開始擔心起來。

「韻如啊！還在想爸爸嗎？」正在庭院挖蚯蚓的我，聽到背後傳來粗獷的聲音。

我搖搖頭，繼續挖著那些可憐的小生命。

「是因為跟義弘還不熟的關係嗎？」叔叔把我抱了起來。

我再次搖著頭，雙手緊抓著那隻倒楣的蚯蚓。

「還是義弘欺負妳，所以妳都不跟他們玩？」

我依然搖著頭，只知道手中的蚯蚓竟然一分為二的從手中滑落到地上，一轉眼間，只剩下那條假尾留在原地晃動。

叔叔見我有心結似的不想講話，便把我放在他的肩上，走去附近的公園逛逛。

在路上，叔叔對我說：「小孩子不要有大人的煩惱，因為小孩子有小孩子的煩惱，只要煩惱著等會要去哪玩、功課要怎麼寫、今天交了幾個朋友的問題，其它的東西就留給大人去煩惱吧！」

「……但是嬸嬸好像不喜歡我。」我小聲的說。

叔叔聽到我把心中的事情說出來的時候，由驚訝的面孔轉變成和藹的面貌。

「原來讓妳這小大人掛心的事情是這個喔！」叔叔捏捏我的臉頰。

「因為她都對我好兇……」

「好！我回去會罵罵美月的，韻如就乖乖的做好小孩子的該做的事情就好。」

叔叔抓著我的腋下將我高高舉起，奔馳在公園的步道上，那一瞬間，還真的以為，我找到家了，一個我要的歸宿。

但是，這只是暴風雨前，那一刻短暫的寧靜。

對一個只有六歲的孩子來說，每天所期待就是向父母撒嬌討賞，有時候會得到好多好玩的玩具，有時候父母會講故事哄你睡覺。

看著美月嬸嬸對著義弘講故事哄他睡覺的時候，我卻只能揉著疲倦的眼皮，等著美月嬸嬸叫我上床睡覺，才敢去睡覺。

美月嬸嬸有晚睡的習慣，是因為叔叔要半夜工作的關係，捱到這麼晚做宵夜也是她份內的事情。

在叔叔面前，她總是裝做一副好媽媽的模樣，只要叔叔前腳剛跨出家門，她就搖醒我，叫我起來收拾剛剛他們用的湯盤碗筷。

有時候睡得很沉被叫醒，總是會恍惚一下，美月嬸嬸就會認為我貪睡，便會用腳重重的踹我。吃過幾次這種苦頭，我的神經變得敏感起來，深怕一個貪睡就要被折磨到凌晨兩、三點。

「把碗洗好後，來房間幫我按摩。」我看著一旁有鐘擺的時鐘，時針指向凌晨一點鐘。

記得那是我第一次進到美月嬸嬸的房間，進去前還叫我先把手腳洗乾淨才可以進去，這時想起叔叔稍早跟我講的一些事情。

「雖然我不是妳親生的父親，也不勉強妳往後的日子裡叫我爸爸。美月雖然非常反對我收養妳，那是因為她還沒有發現妳的可愛，不然她絕對是個好媽媽，所以妳們之間的裂縫，我會想辦法彌補的。」進章叔叔如此對我說過。

「大力點！妳是沒吃飯嗎？」美月嬸嬸不滿的說。

我使勁的按著美月嬸嬸的頸部，多麼希望她變成叔叔口中的好媽媽，我吞了一口口水，輕聲的喊：「媽媽……」

「什麼？」美月嬸嬸用力的把我的手推開。

「給妳顏色妳就給我開起染坊了！我才不是妳這骯髒小孩的媽！」

我害怕得蜷縮在一旁，她卻指著我的鼻頭：「妳媽媽是個不三不四的女人，跟妳一樣是個賠錢貨！妳憑什麼把我當做是妳媽媽！」

美月嬸嬸的怒吼把我嚇哭了，看著我一把鼻涕一把眼淚的模樣，她還是不放過我，繼續在「賠錢貨」的迴圈裡打轉，原因在於爸爸的喪事和積欠友人的債務，就花光了他們家多年的積蓄。

「嗚……我不是……我才不是賠錢貨……嗚……」我哭著反駁。

小時候沒有想這麼多，並不知道大人正在氣頭上，小孩子多嘴就是在討打討罵挨。

那天半夜除了被打，還被叫去罰站，義弘哥哥也被突如其來的罵聲驚醒了，而他也第一次看到自己的媽媽突然變身壞繼母的樣子，被嚇得睡不著覺。

這是第一次我主動的想修補跟美月嬸嬸之間的裂縫，沒想到卻是弄巧成拙，裂縫變成楚河漢界般的

存在，只要越過了她的邊界，她就會毫不留情的攻擊我，就像這次一樣，沒得商量。

罰站的時候我真的睡著好幾次，直到睡夢中感覺到重心不穩的時候才會驚醒。偷偷望著義弘哥哥的房間裡，美月嬸嬸哄著他睡覺的畫面，鼻頭一陣酸，想著生育我的媽媽會不會這樣，這是我一直想找尋的答案……

之後真的受不了久站的酸痛，便坐下來了，眼皮也慢慢闔上，進入夢鄉。

我夢到叔叔帶我去醫院探望病入膏肓的爸爸，不管我在一旁如何撒嬌，爸爸依然雙眼無神的望著天花板，那時候不懂事的我，只能玩弄著醫院裡的尿壺。

「那個很髒不要碰！」進章叔叔制止了我。

叔叔抱起我坐在他的大腿上，我還跟爸爸說：「我們來玩騎馬打仗好嘛……」

當然是得不到我要的答案。

許久，爸爸開口了：「如如啊……妳想不想見妳的媽媽？」

「媽媽？媽媽是誰啊？可以見她嗎？」我帶著無數的好奇反問爸爸。

「豫德，不要讓小孩子知道這些，等她長大點了，再跟她說明這些比較好。」進章叔叔像是在斥責爸爸一樣。

爸爸從那次之後，變得更沉默寡言了，每次見面都是心事重重的樣子。

那次也是我唯一可以見到我親生母親的機會。但是已經無所謂了，給予我的生命卻不負起養育責任的親生母親，不見也罷。所以……如果自己的出生是個悲劇的話，我多想要它快點落幕。

清晨的時候，叔叔回到家看到我睡在客廳的一角，著急的把我搖醒，問我發生什麼事，我睡眼惺忪的說不知道，只想把這些苦往肚子裡面塞。

有句成語是「相安無事」，正是在比喻我跟美月嬸嬸的關係，表面上的一切都可以套用這句成語，所以從小我就學會如何看人臉色做事，畢竟「拿人手短，吃人嘴軟」這個道理我還是懂的。

03
賞罰

「陳韻如！我們缺人打棒球，趕快過來。」義弘哥哥跑回家要我幫忙湊人數。

「不行啊！嬸嬸要我把這些衣服洗完，不然我又沒飯吃了。」我手指著那幾個水桶內的髒衣服。

「沒關係啊！我回來會跟我媽說的，妳趕快來啦！」

想想這是義弘哥哥第一次找我出去玩，心裡還滿高興的，我看著在房裡熟睡的嬸嬸，又想到義弘哥哥說要幫我說話，便放下手邊工作跟著他出去玩耍了。

走了一段路，才到他們打球的地方——一個廢棄的工廠裡，看到六個大哥哥已經在玩投球的遊戲。

「哇！你們家真的多了一個妹妹耶！」不遠處有個戴眼鏡的大哥哥如此說著。

「才怪，她是我大伯的女兒，現在只是來我家吃閒飯的而已。」義弘哥哥用種不屑眼神看著我。

「這麼可愛的妹妹，來我家吃閒飯我也無所謂啦！哈哈！」義弘哥哥的朋友在一旁起鬨，弄得他臉色鐵青。

義弘哥哥把剛才那位戴眼鏡的大哥哥拉到一旁。「我把人湊齊了，你還給我講這些！給人看笑話就是了？」義弘哥哥不耐的說著，完全無視在一旁的我。

「誰叫你們每次都會把球打到草叢裡，害我找很久耶！」戴眼鏡的大哥哥甩開義弘哥哥的手。

「誰叫你每次猜拳都猜輸！」義弘哥哥悻悻然的走回人群。

「走，過去吧！」戴眼鏡的大哥哥對著我說。

「好……」

我不敢太接近義弘哥哥，他的個性跟美月嬸嬸一樣，難以捉摸。

「妹妹，妳叫怎麼名字啊？」一旁微胖的大哥哥問我。

「我叫陳韻如，今年六歲。」我向他比個「六」的手勢。

「才六歲而已耶！快上小學了吧？」另外一位身材魁梧的大哥哥發出疑問的聲音。

「小學？」我疑問著。

「你問這麼多幹嘛！不是說缺人撿球嗎？現在找到人了，還不快開始。」義弘哥哥打斷我們的談話。

「好啦！就位、就位！」微胖的大哥哥說著。

「妹妹妳去那邊守外野，球來了就幫我們撿回來。」魁梧的大哥哥指了一個不遠的地方。

我點著頭，快步的跑去那裡，雖然不知道哥哥們要玩什麼遊戲，但是一想到許久沒出來透氣的機會，一直難掩心中的興奮。

四處觀望著周圍的景色，幾座林立廢棄的廠房，周圍都有鐵絲圍籬，除了中間那塊空地長不出草之外，其它的地方，都佈滿了比人還高的雜草。

不知道過了多久，終於聽到遠方有人呼叫我的名字。

「陳韻如！球掉到妳那邊去了！」義弘哥哥大喊著。

我看著一顆黑色的東西從我頭上越過去，一轉眼，那個物體就消失在草叢裡了。

「妳在幹嘛啊！還不快去撿！發什麼呆啊！」義弘哥哥小跑步的過來對著我大

喊。

我不加思索的就衝進草叢裡面，結果一踏進去，腳底就傳來一種噁心觸覺，是一灘爛泥巴，原來前幾天下的雨，使得這些曬不到太陽的爛泥巴還沒乾透。

「唔……嗯……」

腳上因為沾滿了汙泥，變得難以行動，好不容易找到了那顆球，就已經把身上的衣服弄得髒兮兮。

「嘶——嘶——」我不斷擦拭著衣服上的汙泥，反而越擦越髒。

「找到沒啊！」我聽到義弘哥哥不耐的聲音。

「找到了。」我滿懷興奮的回應。

當時的自己，根本沒想到那麼多。

一次，就那麼一次，我終於知道義弘這位哥哥只是在利用我而已，等到沒有利用價值的時候，就把我一腳踢開，狠狠的。

那天傍晚，我跟著義弘哥哥一起回家，他的前腳剛走進家裡沒多久，就衝出來叫我不要進家裡。

「為什麼？」我問著。

「我媽媽很生氣，所以妳待在外面比較好。」他一說完就走回家裡。

我疑惑的望著義弘哥哥的背影，那句話幾乎快脫口而出：「不是說要幫我跟嬸嬸說，我才出來玩的啊！」但是卻只能吞進肚子裡。

外頭的蚊子很多，我只能邊打蚊子邊抓癢，等了很久，家裡都沒有動靜，直到家中的煤油燈熄滅了。

那一瞬間，我哭了，哭得很大聲，我不斷的在門外哭著，將委屈隨著哭聲，持續的在這漫長的夜裡，像傾洩一般。

那天我睡在門外階梯上，也是等到叔叔下班以後，才知道這件事情。但是叔叔知道的真相，遠遠不是我所經歷的事實，而是美月嬸嬸胡亂拼湊的故事，反正都是我的不聽話、貪玩，才會這麼處罰我，這時候還是應證了一句「寄人籬下，不得不低頭」的道理。

　　不知不覺已經過了一年，那時候的我七歲了，叔叔帶著我到學校報到。當天認識好多同學，還有一位和藹的女班導師，終於知道那位大哥哥所說的小學，原來就是這裡了。

　　領到新的課本，我迫不及待的嗅了嗅課本的味道，翻開來看了幾頁，上面都是看不懂的文字。

　　「各位同學，我們把課本翻到這一頁。」老師把她的課本高舉起來給我們看裡面的圖案，我也依樣畫葫蘆的翻到跟老師一樣圖案的地方。

　　上課學習好高興，可以忘記家中的不快樂，從那時候我就下定決心的珍惜這一切，這是我的精神支柱。

　　第一次月考的成績出來，全部考了滿分的我，受到老師的讚美：「陳韻如同學很厲害，是我們班上唯一考滿分的學生，大家幫她鼓掌拍手一下。」

　　「啪啪啪！」好熱烈的聲音，我想自己愛上了這種聲音。

這是我獲得別人認同的機會，所以我把握每次的機會，不管任何比賽，直笛、演講、書法，都是卯足全力去準備，但是這些光榮的事蹟卻沒有對我在家中的地位有實質的幫助。

「阿姨，今天我月考第一名耶！」我很興奮的跑到美月嬸嬸的跟前。

她連看都沒看，只說：「妳還不快去煮飯，拿著這張廢紙能吃飯是不是？」我的出現只會讓她心情不好。

相反的，義弘哥哥每次拿著八、九十分的考卷回來，卻是獎勵無數，但是那種情況卻不常出現，因為義弘哥哥不喜歡讀書，是叔叔和阿姨心知肚明的事。每每學校老師來家裡做家庭訪問的時候，總會拿我和義弘哥哥做比較，我是褒，他卻是貶，聽到進章叔叔和美月嬸嬸的耳裡，卻是不同的反應。

「如如啊！今天義弘的老師來家裡，都說妳在學校好厲害、好會讀書。」叔叔摸著我的頭，偷偷的塞些零用錢到我的口袋裡面。

我微笑的接受表揚。

「下次我會叫美月多給妳一些零用錢的，所以以後也要好好努力喔！」

聽到進章叔叔說完這句話，我愣了一下，家裡的支出都是美月嬸嬸管的，但是美月嬸嬸從來沒有給過我零用錢，這件事情叔叔卻一直被蒙在鼓裡。

「嗯……謝謝叔叔。」我緊緊握著口袋裡意外得來的零用錢，心虛的回答。

叔叔出門上班後，原本融洽的氣氛，就像是反轉的世界一樣，全部都變了調。

「給我跪下！」嬸嬸要我跪在神桌前面。

「別以為老師沒抓到妳做弊，妳就洋洋得意起來了！」阿姨拿著藤條抽打我的背。

「我沒有……」我忍著疼痛，不斷澄清著，雖然知道沒有用。

「啪！啪！」藤條的擺動還是沒有停歇的模樣。

「還給我慫恿進章給妳這小畜牲零用錢，我看妳是活得不耐煩了！」美月嬸嬸氣極敗壞的臉色。

「我真的沒有……我根本沒想要過零用錢……」

「還頂嘴！」

我知道每當回嘴的時候，總會被修理得很慘，但是我卻不想放棄向嬸嬸證明我的清白。

這得來不易的尊嚴與榮耀，我不想這樣被人踐踏在腳下，任憑別人怎麼樣折磨我，我都不會妥協的。

還記得有次馬桶水管堵塞，美月嬸嬸竟然要我用手去挖，當下我覺得噁心，只用粗木枝隨便通了幾下，便交差了事。沒想到當天晚上義弘哥哥上了廁所之後，跑出來說：「媽！馬桶又不通了。」

當下我聽到全身冷汗直流。

「來！妳給我過來！」嬸嬸拎著我的耳朵，把我拖到廁所。

「妳不是說通了？」嬸嬸狠狠說著。

「有……但是我真的不知道為什麼又不通了……」我心虛的越說越小聲。

「好！妳現在就給我挖！我就在這裡看妳挖！妳再給我偷懶試試看！」

我看著馬桶裡的水池滿了一些出來，上面還漂浮著義弘哥哥剛拉出來的穢物，我憋住氣，雙眼不敢直視裡面。

剛接觸到糞水的那一瞬間，我有種想吐的感覺，全身起了雞皮疙瘩，我的手不斷往深處去挖掘那堵塞的異物。

「嬸嬸……我真的挖不到……能不能不要挖了……」我求饒似的望著美月嬸嬸。

「妳這不要臉的傢伙！不是說挖通了嗎？啊！給我隨便了事，這就是給妳的懲罰！快給我挖到通為止！」美月嬸嬸壓著我的頭靠近馬桶，我憋氣忍著，直到受不了吸了一口氣時，那種味道使我嘔吐了出來，美月嬸嬸看到這種畫面，自己還乾嘔了幾聲。

我伸長的手臂終於挖到一個硬硬的東西，我用力的抓住拉了上來，是一個塑膠的玩具。

很明顯的馬桶堵塞是義弘哥哥造成的，但是美月嬸嬸非但沒有對義弘哥哥興師問罪，反而還怪我說謊。

「妳把廁所弄得臭氣沖天，給我洗乾淨，否則今天晚上妳就不要給我吃飯！」美月嬸嬸摀住鼻子衝出廁所，留下茫然的我。

其實那天我根本什麼都吃不下，光是那個畫面，就佔據腦海的全部。

從那次之後，我不敢再說謊了，雖然知道誠實去把事情說出來，也不會得到我想要的答案，但是下場絕對不會像這次一樣，作繭自縛得不到好處。

04 謊言

你知道嗎？現今的社會上，充滿爾虞我詐的騙術，但是基本上都是以利益為主要的目的，唯獨義弘哥哥與眾不同，既得不到利益，也沒有任何好處可撈，只是喜歡以落井下石為樂趣罷了。

每天家事做完，一有空閒時間，我總是會拿起課本好好複習一遍，哪怕是幾分鐘也好，好好的讀書取得好成績，是我唯一可以報答進章叔叔養育之恩的方式。

「陳韻如！我的作業寫完了沒啊？」義弘哥哥從外頭剛回來，手中還拿著一包柑仔店的芒果乾。

我突然想到什麼似的放下手中的課本：「還沒有……因為那個……」

我壓根兒忘記要幫義弘哥哥抄寫作業的事情。

他不耐的看著我手中的課本：「國小二年級的題目那麼簡單，隨便都可以考滿分！」義弘哥哥酸了我幾句，便拿著一條芒果乾在我眼前吃了起來。

「因為什麼啊？」

看他吃得津津有味的樣子，害我口水多吞了幾口。

「因為……義弘哥哥的作業我真的看不懂，這次沒有另外一本可以抄嗎？」我面有難色的說。

「平常借我抄作業的同學請病假，今天當然沒有做好的作業給妳抄！」

「……對不起，我真的看不懂。」我低著頭輕輕的說。

「什麼嘛！不是第一名，很厲害不是？我爸爸每次都說妳功課多好多棒，結果連這麼簡單的題目都不會！」義弘哥哥用一種輕蔑的眼神看著我。

「喔……」我頭低著。

對義弘哥哥來說，我的好成績只是他的眼中釘，原因是因為叔叔會用我的努力事蹟來數落他的不爭氣。

「拿來啦！真是討人厭的米蟲！養條狗都比妳好！」義弘哥哥學著美月嬸嬸常罵人的話，伸手要我把他的作業還給他。

我將一旁的作業拿給義弘哥哥，眼神卻被他手中的芒果乾吸引過去，以前的印象中酸甜的滋味，彷彿還殘留在口中。

「義弘哥哥，可以給我吃一條芒果乾嗎？」我問著。

「才不要哩！叫妳那不要臉的媽媽買給妳吃啊！」義弘哥哥說完，便往房間走去。

「……」聽到這句話，我的心情又低落了起來。

沒多久義弘哥哥從房間走了出來。

「欸！妳看妳看！」看到他手中拿著一張圖畫，是我明天要交的作業。

「哇！妳今天的作業是『我的媽媽』耶！看妳還畫得人模人樣的，所以我幫妳多畫了些圖案上去，感謝我吧！」義弘哥哥笑得很大聲。

圖畫紙上的線條已經看不清楚原本和藹可親的笑容，變成面目猙獰的樣子。

「我真有藝術天份，畫得可真好呀！真像鬼媽媽啊！」義弘哥哥故意講給一旁的我聽。

「你幹嘛畫我的畫！」我跑過去想要從義弘哥哥手中拿回那張圖畫。

「來搶啊！」義弘哥哥高舉著手讓我搆不著那張圖畫。

「還我！還給我！」不管如何跳，就是搶不回我的圖畫。

「哈！我要拿去給同學看！」圖畫的所有權在義弘哥哥的手中，讓我更加著急起來，害怕明天又交不出作業了。

「妳不要礙事！閃開！」義弘哥哥用力的推開了我。

強勁的力道讓我跌個倒栽蔥，便開始啜泣叫鬧起來，但是義弘哥哥卻一點都沒有同情我的樣子，還是依然故我的在那圖畫上大做文章。

「嗚……」我擦乾眼淚，很生氣的瞪著義弘哥哥。

「我想到了！這上面還要再加幾個東西啦！」義弘哥哥還想替那張圖畫添花樣。

「哇！」我大叫一聲撲向義弘哥哥。

義弘哥哥被我突如其來一撞，重重的摔倒地上，表情疼痛的抱著頭部，原來剛才那一摔，正好被一旁的桌角撞個正著。

「吼！妳完蛋了！妳竟敢打我！我要跟媽媽講！」義弘哥哥瞪著我。

「……啊！我、我不是故意的……」看到他抱著頭痛苦的樣子，連我也慌了起來。

「誰理妳咧！」義弘哥哥向我吐著舌頭後，便向廚房大叫著：「媽！陳韻如打我喔！」

「……」我嚇得全身發抖，不敢亂動。

沒多久，就聽到美月嬸嬸憤怒的罵聲。

「陳韻如！妳竟敢打我兒子！我看妳是活得不耐煩了！」美月嬸嬸剛還在廚房切菜的樣子，手裡還拿著菜刀就衝出來要修理我。

「義弘！你有沒有怎麼樣？」美月嬸嬸抱著義弘哥哥。

「……我沒有，我不是故意的……」

我想走上前關心一下義弘哥哥，卻被美月嬸嬸用像是破鑼般嗓音的大喊著：「妳給我出去！滾出去！」

我嚇得兩腳癱軟在地上，心中渴望著這只是夢，只是一個惡夢，快醒來吧！

「媽……這裡很疼……」義弘哥哥不斷的向美月嬸嬸撒嬌，說這裡疼，那裡也疼，要美月嬸嬸幫他按摩。

我用恐懼的眼神望著那母子兩人，不敢去多想待會是怎麼的處罰。

「有沒有怎樣？還會不會疼？」美月嬸嬸心疼著寶貝兒子模樣，和一旁像是待宰羔羊的自己形成強烈的對比。

「嗯……還有點疼……可是比剛剛好多了。」義弘哥哥在美月嬸嬸的面前活像是乖小孩一樣。

「告訴媽媽，陳韻如幹嘛欺負你？」

「就是她看到我買了芒果乾想要吃，我不給她，她就衝來打我……」

「我沒有！我真的沒有！」在一旁的我，聽到義弘哥哥如此說，急忙的澄清著。

「妳給我閉嘴！」美月嬸嬸回頭瞪我一下。

「我剛寫完功課出去買芒果乾回來，還看到陳韻如在那裡摸魚休息都不做事。」

義弘哥哥還在一旁補充著。

「你都亂講……」我反駁著。

「可惡啊！妳那不入流的母親讓妳這樣折騰我的兒子，我今天一定要把妳趕出去！妳這掃把星！」美月嬸嬸邊罵著邊拿起一旁的菜刀。

「義弘，你先回房間休息，媽媽等等幫你按摩。」

正當美月嬸嬸背對他起身走來的時候，看到剛剛還奄奄一息的義弘哥哥，在一旁生龍活虎的扮起鬼臉。

原來只是在演戲，目的只是要看我被修理。

「還不走是不是？」美月嬸嬸用一種恐嚇的聲音說。

「對不起……對不起……」我說著。

美月嬸嬸用手中的菜刀的刀板，狠狠的打了我一個左耳光。除了耳鳴聲聽不太到美月嬸嬸在對我罵些什麼，就只能哭喊著對不起，一直跪在那裡乞求得到原諒。

直到叔叔打完牌回到家裡，看到我跪在那裡。

「韻如怎麼了？」進章叔叔很緊張的走上前。

「對不起……對不起……對不起……」耳鳴使我聽不到進章叔叔在問我話。

「怎麼了？跟叔叔講一下……妳的臉怎麼腫成這樣？」叔叔摸著我的臉頰說。

我低著頭搖頭不語。

「王美月！到底什麼回事！」進章叔叔生氣的不斷大喊著。

正在吃晚飯的美月嬸嬸聽到進章叔叔回來追究這件事，急忙放下手中的飯碗，慌張的走出來。

「韻如是跟妳有怎麼深仇大恨，把她打成這個樣子？她還只是個孩子耶！如果有什麼犯錯，打打手心就好，為什麼處罰這麼重？」進章叔叔一連串的質問美月嬸嬸。

「你不在的時候，你不知道這孩子多惡毒，竟然打我們家的孩子！」美月嬸嬸解釋著說。

「什麼妳家的孩子！韻如就不是我們家的孩子嗎？」

「不是這樣啊！我當然有把她當做是我們的孩子，可是她這次犯這麼大的錯，我實在忍不下來，所以才動手……」美月嬸嬸裝做無辜的表情。

「什麼大錯，要妳打成這樣！」進章叔叔追問著。

正在吃飯的義弘哥哥也跑來抓著美月嬸嬸的手，他也是第一次看到進章叔叔這麼兇的質問美月嬸嬸，只能不斷的在美月嬸嬸身後打哆嗦。

「你不知道這孩子平常趁你不在家就不會做家事了，整天只會玩。這下好了，現在看到義弘吃零嘴，她也想吃所以就用搶的，你說可不可惡！」美月嬸嬸的話裡，都只坦護自己的兒子。

「做家事？那我問妳？義弘做過家事了沒？為什麼非得要弄一套標準來對待韻如啊？再說，我們家兒子不要欺負韻如我就感謝祖宗十八代了，妳還替義弘講話？」

「陳進章你講那什麼話？義弘是你的親生兒子欸！你哥哥那賠錢貨的老婆生下的孩子正在欺負我們家的孩子，你竟然不幫自己孩子？」

「我是就事論事！」

進章叔叔看了下我們這些孩子說：「義弘還站在那裡看什麼？還不快帶著韻如進去吃飯！」

「好、好。」義弘哥哥趕緊走上前拉我起來。

記得當時叔叔和嬸嬸在外頭吵了很久，我們二個孩子在飯桌上不敢多說些什麼，悶著頭就開始吃飯，義弘哥哥可能也沒想到一個惡作劇，卻換來一個像是家庭革命般的事件。

風平浪靜了幾個日子，義弘哥哥又開始對我惡作劇了，鉛筆盒和鞋子裡每天都會有不同的生物寄住在裡面、書包裡面的課本都換成垃圾、便當不定時的加些「好料」、作業隨時都會被竄改內容等等。

「陳韻如！」

老師氣沖沖的走進教室叫了我的名字。

「有！」我趕緊回應。

「為什麼妳每次作業都遲交，卻還有一堆理由？妳看看妳前天該交的作文！寫那什麼東西？內容文不對題！下個月的作文比賽我會另外選派同學出來的，妳就好好的反省一下！」

「好……」我沮喪的說。

接過老師手中的作文稿，看到上面滿滿都是老師圈起的紅線。

義弘哥哥會模仿我的筆跡，改一些字、一些詞，害我費盡心思寫的文章，如同廢紙一般。

但是一回頭，平時很要好的朋友拿著昨天借我的筆記本，一臉氣苦的模樣詢問著我。

「這本筆記本是我阿嬤買給我的，妳為什麼要在上面亂畫？」她說。

「我、我沒有，那是我哥哥畫的……」我不斷的搖頭。

「我不管！我明明借給妳，妳為什麼不好好保管……嗚……」女同學哭得很大聲，全班的同學幾乎都在注視著我。

「對不起……我、我會存錢買一本還妳的……」我安慰她說。

「我阿嬤已經過世了！妳要拿什麼還！」

「我……」

不知道怎麼處理這件事的我，低頭不語。

「我要跟妳絕交！」她轉頭就走。

那位同學在我們班上人緣極好，卻被我的疏失弄得心情不好，而幾個要好的同學們，也跟我開始漸漸疏離起來。

原來討厭這種東西是會互相傳染的，連同街坊鄰居看到我都會直接講閒話，好一點的還會對我說：「妳要乖一點！人家美月嬸嬸都好心的收留妳了，不要再惹她生氣了。」

「……」

雖然我聽在耳裡很不是滋味，但是卻一點反駁能力都沒有。

當時只能不斷的學習如何保護自己，因為沒有人會在這種節骨眼來安慰我、同情我，只能認清事實，咬緊牙根活下去，這是生存在這個社會上不變的定律。

05 肚子空空

「義弘上課要遲到了喔！」美月嬸嬸喊著。

看著義弘哥哥睡眼惺忪的爬起來，慢條斯理的穿著制服，刷個牙上個廁所，不急不徐的模樣，好令人羨慕。

「妳還在那邊發什麼呆！廚房那鍋滷肉還不快拿過來！」美月嬸嬸喊著。

「喔……」我慌張的跑進廚房。

每天都要早義弘哥哥一個小時起床，幫忙準備早餐和今天中午的便當，但是對他而言，這只是我這個外人該做的事情。

「媽，我吃不下了……」義弘哥哥嘟著嘴似乎在抱怨早上又吃清粥了。

「好啦！下次媽煮你愛吃的。」美月嬸嬸伸手擦了義弘哥哥的嘴巴，邊嚷嚷一旁的我收拾他吃剩的東西。

「媽給我錢，我要去外面吃早餐。」義弘哥哥看似不想吃今天的早餐。

「吼！外面的東西少吃啦！都不乾淨。」美月嬸嬸說著說著從口袋拿了錢給義弘哥哥。

了。

「粥好難吃喔……我才不要吃哩！」義弘哥哥迫不及待的要到外面吃美味早餐

「……嬸嬸，便當都包好了……」我小心翼翼的把便當放在桌上。

「我不是說包好便當前要給我看嗎！」美月嬸嬸把我們二個人的便當都打開來。

「為什麼飯菜都在妳那邊？那義弘要吃什麼？」美月嬸嬸生氣的問。

「沒有、沒有……我都平均的分配……」我乖乖的站在一旁。

美月嬸嬸根本沒理會我的話，動手拿了筷子就開始夾我便當裡面的飯菜到義弘哥哥的便當裡。

「妳還杵在那裡幹嘛！還不快去洗碗！」美月嬸嬸斜眼看著我。

「可是我要上課了……」我小聲的說。

「妳要我再說第二次嗎？」她帶有恐嚇的語氣。

我只能默默的拿著碗盤走到廚房，迅速刷洗完畢，希望不會遲到太久。

我拿著洗好的碗盤走到美月嬸嬸跟前。

「嬸嬸……我碗盤洗好了。」每當洗完，美月嬸嬸都會要求我再給她檢查一次。

「……」她看了一眼，便埋頭看著她手中的報紙，不想多理會我。

「那……我出門了喔……」我將碗盤擺回去後，提著桌上的便當，就快步的走出大門，深怕嬸嬸又要指使我做些事情。

到了學校第一節下課，我的肚子已經餓到咕嚕咕嚕的叫了。因為沒吃早餐的關係，不……是根本沒有準備我的早餐，就算義弘哥哥吃剩的東西，美月嬸嬸寧願丟到餿水桶餵豬，也不要給我吃。

我只好偷偷摸摸的繞向學校操場的一角，那裡有棵芒果樹。校長很愛護那棵芒果樹，只要發現有同學敢動它的歪腦筋，除了會被罰站打手心之外，還有罰每天幫它澆水的勞動，但是肚子餓到前胸貼後背的我，早顧不得這項規定了。

四處的觀望路過的同學和老師，一發現沒人的時候，便拿起地上的石頭砸向那棵芒果樹上的果實。

「嘿咻！」沒中。

「嘿！」還是沒中。

正當我抓起一大把的石頭，要來個亂槍打鳥的時候，聽到後面有人大喊著：「有人在打校長的芒果樹喔！」

我嚇得扔掉手中的石頭，想要裝著若無其事的走回教室，卻被趕過來的老師抓個正著。

「妳哪個班級的？我要去見見妳的導師！校長開會的時候，明明都有再三提醒了，怎麼還會有學生來打芒果？」那位老師拎著我的耳朵，把我帶到教職員室外面。

「我現在就把妳的導師帶過來，妳給我在這反省！」

我雙眼無神的注視著前方，沒有多加理會一旁經過的同學們，耳朵卻傳來幾個女孩子的訕笑聲。

「欸！那不是三年三班很會讀書的那個同學嗎？她怎麼在那裡罰站？」

「我也不太清楚，好像是剛剛跑去打校長的芒果樹來吃，結果被抓包的樣子。」

其中一個女孩子說。

「打校長的芒果樹？她是故意的吧！明知道每個老師都有再三強調不能去碰那棵如同校長命根子般的芒果樹。」

「天曉得，誰知道那些會讀書的人，頭腦都裝些什麼，走吧！快上課了。」

突然我感到一陣疼痛，像是被東西扔到的感覺，我低頭看著那塊剛落下的小石子。

「我也來打個芒果！準吧！」一旁有幾個男孩子的聲音。

「是我們去告密的怎樣！哈哈！」他將臉湊近我。

我抬頭看了看他們，原來是班上的男同學。

「妳這個孤僻的怪人！功課好沒什麼了不起的！現在還不是要罰站？」

「喂！老師來了！快走啊！」旁邊有男孩催促著。

一位男同學臨走前，還敲了我的頭一記。

「動！妳還給我動！給我站好！」遠遠就聽到老師的聲音。

「老師的面子都快給妳丟光了！說！為什麼要去打芒果吃？」老師不斷的拿著藤

條抽打我的小腿。

看到老師對我如此的失望，我淚流滿面的說：「……我肚子餓了。」

「肚子餓了就可以偷東西吃嗎？老師這樣教過妳嗎？」

「沒有……」我懊悔的低下頭。

老師也氣哭了，打了幾下後，就叫我回教室去，那種恨鐵不成鋼的無奈，全寫在臉上。

好不容易捱到中午用餐的時間，迫不及待的打開便當才發現裡面剩沒幾樣菜色，幾片青菜、幾塊脆瓜、一抹白米飯，沒了……就這樣，有的只有飄在便當盒上的水蒸氣而已，我心沉了一下。

「要一起吃飯嗎？」班上的幾位女同學圍著我。

我趕緊把飯盒蓋上說：「沒關係……妳們一起吃就好。」

「喔……好吧！」那位女同學有點失望的表情。

那幾個同學走回座位的時候，開始抱怨著：「我就跟妳說她真的是個怪人，根本不會想跟我們一起吃飯……」

我將便當盒掀開一半，拿了筷子就這樣吃了起來，只是不知道這頓飯是什麼滋味，嘴裡都是眼淚苦澀的味道。

人都有變通的方法，肚子空空不代表頭腦也放空。叔叔在家的時候，美月嬸嬸就不會太刁難我，飯菜都會足夠到讓我偷留點下來，用報紙包好放在陰暗處，雖然不能保證不會變質或是臭酸掉，但是不想要嚐到餓肚子的痛苦，什麼方法都能用上。

還記得有天午餐時間到了，準備打開包好的報紙，要把裡面的滷雞腿拿出來的時候，聽到裡面有奇怪聲音，我也沒想那麼多，就這樣打開來了。沒看到還沒事，一打開裡面幾隻蟑螂不曉得是吃太飽不想動，還是睡著了，竟然無視於全班同學的騷動。我滿臉慘綠的鬆開雙手，正想起身離開的時候，幾個調皮的男學生拿著鉛筆去逗弄那幾隻蟑螂，可能是激怒牠們還是怎樣，牠們竟然在教室內振翅高飛。

「哇！」滿滿都是尖叫聲。

面。

「走開！走開！」有些同學比較害怕昆蟲，乾脆站在桌子上或是躲在男同學的後

教室鬧得亂哄哄的，就算老師趕來安撫同學們，也於事無補。直到那幾隻蟑螂飛出窗口的時候，這場鬧劇才算結束，而「帶」牠們到學校的我，當然得接受老師的處罰。

「為什麼帶這種東西到學校來嚇同學？」老師生氣的說。

「沒有……我只是想帶昨天吃剩的雞腿來配飯，所以才……」我扭捏的說出來。

老師驚訝的罵不出話來，只說一定要來家裡訪問了解一下。

但是狡猾的犯罪者，通常是不會坐以待斃，等著警察來抓，美月嬸嬸也是一樣的心態。

「請問是陳韻如的嬸嬸嗎？」老師問著開門的美月嬸嬸。

「是是……我是，請問我們家的韻如發生什麼事了嗎？」美月嬸嬸驚訝的看著老師和一旁的我。

「是這樣的，我是韻如的級任老師，對於她近來在學校的表現和一些問題方便請教您一下嗎？」

「啊……可以呀！」美月嬸嬸熱情的招呼老師進來家裡。

之後的結果，反正嬸嬸說什麼，我都只能附和著。這就像是我們之間存在著那條不成文的規定「不准忤逆」，至少我還有飯可以吃、有書可以讀，那一切都好說，也包括老師和同學對我的誤解。

美月嬸嬸也沒有因為那次突然的家庭訪問，而在我的便當上，多添加些什麼。飯菜每每像是經過精密的計算一樣，輪到我裝便當的時候，總是飯菜不夠，或是剛好沒有的狀況，轉頭看看義弘哥哥那滿到便當盒都蓋不起來的景象，都在反應著，美月嬸嬸根本沒把我當做家裡的人，我只是家中的空氣罷了。

尋求溫飽那奢侈的幻想，只存在於夢中的故事裡。現實中，你只能在餓與不餓、滿足與不滿足之間去做個選擇，小小年紀的我就已經體會到這種生活了，所以我才會珍惜我現在的每一餐，實屬得來不易，粒粒皆辛苦。

06

來自遠方的訪客

我記得升上國小四年級的那個暑假，同學們都相約出去哪裡戲水哪裡遊玩，自己卻只能埋頭於做不完的家事裡，聽著街頭巷尾小孩子嘻鬧的聲音，顯得格外刺耳。我將手中剛洗完的被單拿到院子裡晾曬，門外卻傳來敲門聲。

「叩叩、叩叩！」門外的人很有節奏的敲著。

心情低落的我，根本不想理會外面到底是誰，反正美月嬸嬸聽到自然就會出來應門了，所以裝做沒聽到，是我唯一可以報復的手段。

許久，外面的人見屋內沒人回應便喊著：「有人在家嗎？」是男人的聲音。

我甩了甩打結的被單，內心卻開始著急起來，望著屋內的動靜，不曉得是不是美月嬸嬸午休睡得太沉，絲毫沒有出來應門的舉動。

「我們是不是找錯家了呀？」一個女人的聲音。

「我跟街坊鄰居再三確認過了，陳家的確在這裡啊！」男人說。

「還是我們改天再來？」女人詢問男人的意見。

我小心翼翼的晾著被子，不想發出聲音讓外面的人發現，活像是犯案的小偷一樣，躡手躡腳的動作。

「哎……」男人嘆了口氣：「我們走吧！不曉得韻如現在過得好不好……」

「咦！」我聽到外頭的男人提到自己的名字，驚訝的想著：「會不會是自己的親生母親來接我離開這痛苦的地方？」索性不管被子是不是剛洗好，我隨手扔在地上，打著赤腳跑去開門。

「媽媽！是不是媽媽？」我逐一轉開門把上的門栓。

但是映入眼簾的卻是空無一人的街道，我探出頭來東張西望，找尋著剛才那對男女的身影。

「媽媽、媽媽！」我慌張的四處喊著。

我回頭望了叔叔的家，心一橫轉身在街道巷弄裡奔跑著，期待和那對男女見面，期望著那就是自己的母親來接我。此刻的我不恨母親，只要母親來接我回去，以前的過錯都不會計較，我如此反覆不斷的安慰自己。

不知跑了多久，流了多少汗，看到一男一女並肩走在街上，我就靠過去詢問著。

「先生、小姐……呼、不好意思……呼、呼！」我喘著氣問著。

「什麼事啊？小妹妹。」女人回頭問我。

不是……不是這個聲音。

「對不起，我認錯人了。」我匆忙的穿過他們，繼續尋找下個對象。

不知道跑了多久，歷史悠久的涼鞋磨破了，雙腳也痛得不聽使喚起來，我放慢腳步靠著陰暗的牆角喘息著，抬起右腳看了看腳底板上無數的水泡和血泡。柏油路上因為天氣炎熱而冒出一陣陣熱氣，遠方的建築物看起來就像是海市蜃樓般，可見得今天的太陽公公卯足全力在散發它的體溫。

「噫……好痛……」我搓揉著雙腳，希望能再多忍耐些。

我不斷的穿梭在街道上，就是找不到剛才敲門的一對男女，我開始後悔自己為什麼不應門，為什麼要使性子，明明知道這小家氣的胡鬧，根本沒辦法替自己報仇，卻在心裡自我催眠著，讓自己感覺到慰藉。

我拖著既狼狽又疲倦不堪的身軀，慢步闌珊的往家裡的方向走去。但是，不想回家的心情佔據了我的內心，每走一步，越是不甘心，眼眶裡面都是淚水，嘴角不斷的抽動著，我強忍著悲傷的情緒，不讓它爆發出來。

「妹妹？怎麼回事？」路邊傳來女人的聲音。

「……」我將頭壓低走著，不想讓人看到我流淚的樣子。

「妹妹，先不要走。」那個女人抓住我的肩膀。

「很疼吧？」女人蹲下來，檢查我的腳。

我點點頭，趕緊用衣角擦拭著眼淚。

「老婆，這個小女孩怎麼了？」一旁的男人問著。

「妹妹，我們到一旁的柑仔店坐一下好嗎？」女人問著我。

我抬頭望著他們，兩位老夫妻用一種很擔心的表情不斷打量著我腳上的傷勢，我的身體不由自主的慢慢走向柑仔店。

「來！坐在這裡一下。」女人拍拍柑仔店門外石椅上的灰塵。

「我去柑仔店裡面要些水和藥物。」男人說。

我一坐到椅子上，那個女人也顧不得我的腳髒不髒，抬起我的腳就開始挑腳底那些刺到肉裡的碎石。

「來了！來了！」男人捧著一盆水，快步的走來。

那女人小心翼翼的擦著我的雙腳，看著她臉部一條條歲月的痕跡，和藹可親的面容，讓我安心不少。

「我買了一雙拖鞋，讓她穿上吧！」男人向那位女人說。

「哎呀！你想得真周到。」女人幫我穿上那剛買的拖鞋。

我卻壓抑不住心中滿滿的疑問，便直接問道：「妳是我的媽媽嗎？」

兩個老夫妻面面相覷了一陣子，笑了一笑。

「我們沒有孩子，我想妹妹妳是認錯人了。」男人說。

「喔……」我失望的看著他們。

「媽媽怎麼了嗎？」女人問我。

「……我沒見過我媽媽，一次都沒有見過，她也從來沒找過我……」當時的自己是如此的回答。

「所以妳才會獨自一個人出來找母親嗎？」男人摸著我的頭說。

我點點頭。

「哎……好可憐的孩子。」男人嘆了口氣。

「這樣好了，妹妹我們送妳回家好不好？因為妳的腳現在走起路來，會很不方便的。」女人將清洗完的手帕擰乾。

「沒關係的，我已經好多了，謝謝伯伯和阿姨。」我禮貌的說著，起身準備離開。

我一跛一跛的往回家的路上走了幾步，轉身向他們鞠躬道謝，他們微笑的揮揮手道別，那時候讓我體會到手心向上受人幫助以及手心向下幫助他人，竟然如此的溫暖。

那次也是我和現在的爸爸媽媽第一次見面，我們的緣份，就從那一段小插曲而結下的。

過了幾天，正在房間溫習功課的我，聽到進章叔叔呼喊著：「韻如，有客人來囉！出來打聲招呼。」

「好！」我放下課本，整理一下服裝儀容。

到了客廳，看到那兩張熟悉的臉孔。「是、是是上次在柑仔店的……」我語無倫次的指著那兩位老夫妻。

「韻如！不能這樣沒禮貌！」進章叔叔指責我這種沒禮數的舉動。

「唉呀！我們兜了一圈回來，原來要找的人竟然是我們遇到那位小女孩。老伴啊！我們可是跟這位小女孩有個好緣份啊！」上次那位伯伯驚訝的說。

「咦？周老師有跟小女韻如見面過了嗎？」進章叔叔問著。

「見過、見過，是個很懂事的小女孩。」周伯伯頻頻點頭。

「是這樣喔……」進章叔叔轉頭對著我說：「韻如啊！這位是周伯伯，這位是周伯伯的老婆許阿姨，他們兩位都是老師，過來打個招呼吧！」

「周伯伯、許阿姨兩位好，承蒙你們上次的幫助。」我向周伯伯和許阿姨鞠躬問好。

「不會不會……上次的腳傷好點了嗎？」許阿姨眉頭深鎖的問著我，想必很擔心我會留下什麼後遺症似的。

「沒事的，我好多了。」我微笑的回答。

「腳？腳怎麼了？」進章叔叔望著我的腳。

「韻如這孩子上次遇到她的時候，因為打赤腳走在路上怪可憐的，所以才有這麼段一面之緣，幸好沒造成什麼大礙。」周伯伯笑笑的說。

「妳這孩子可真是……」進章叔叔像是放下心中的大石一樣。

「周老師、許老師，用點水果吧！」美月嬸嬸從廚房裡走出來，手上端了一盤切好的蘋果。

跟著美月嬸嬸出來的義弘哥哥，嘴巴鼓漲的說著：「蘋果好甜喔！好好吃喔！」

「陳義弘！不要給我在客人面前這麼的沒禮貌！」進章叔叔簡直快被我和義弘哥哥這兩個孩子給氣炸了。

「陳先生沒關係啦！小孩子難免會這樣，不必太苛責他們。」周伯伯替我們打圓場說著。

「還不快過來謝謝周伯伯，你剛剛吃的蘋果可是周伯伯送來的。」進章叔叔使了眼色給義弘哥哥。

「好啦……」義弘哥哥嘟著嘴走上前。

「謝謝周伯伯。」義弘哥哥走向周伯伯行禮。

「好、好，這邊坐、這邊坐。」周伯伯客氣的讓義弘哥哥坐在一旁。

「老公，吃個蘋果消個火氣啦！小孩子嘛……不要老板個臉孔。」美月嬸嬸將那盤蘋果擺放到桌子上。

「陳太太一起坐一起吃嘛！」許阿姨招呼著美月嬸嬸。

「咦！韻如也坐下一起吃呀！」周伯伯看我呆站在一旁，很詫異的望著我。

「我、我去幫你們倒茶水。」我很識相的找理由離開，深怕美月嬸嬸又會拿今天吃蘋果的事情大做文章。

順帶一提，當時的蘋果可是只有在大節日才吃得到的奢侈品，平常要嚐到這個滋味，那可是要大戶人家才有的特權。

剛倒完幾杯茶水，美月嬸嬸就走進廚房對我說：「待會妳就回妳的房間讀書，我們要和周老師、許老師談些事情，沒事就不要出來客廳，知道嗎？」

「好……」我不解的回答，但是只能照辦。

將茶水遞給周伯伯他們之後，我就乖乖的回到房間裡，表面上賺到一些些清閒時間，但是沒能跟周伯伯和許阿姨多聊上幾句，心裡還頗難過。

幾個小時過去了，直到周伯伯和許阿姨準備回去的時候，我們才寒喧了一會。

「韻如啊！假如妳想買什麼的話，儘管跟伯伯講，我們能力所及的話都會買給妳的。」周伯伯摸摸我的頭。

我搖頭說：「我沒有要買的東西，謝謝周伯伯。」

「那喜不喜歡故事書？」許阿姨半蹲著問我。

「嗯！我很喜歡。」我直率的回答。

「這樣啊……那要好好聽陳叔叔的話喔！有空的話，我們會多來看看妳的。」許阿姨講著講著眼眶不自覺的泛紅起來。

「老伴別這樣……既然如此，我們以後多來看看韻如就好了，不要這麼難過。」周伯伯安慰著許阿姨。

那時候，我還不清楚為什麼許阿姨會如此的難過，一直到了有次美月嬸嬸處罰我的時候，一時說溜了嘴。

「為什麼當時沒有堅決的反對扶養妳？早知道就把妳這個掃把星丟給那對老夫婦去養了！浪費我們家的米！」美月嬸嬸如此謾罵著。

因為這句話，我才了解到，原來周伯伯和許阿姨曾經有領養我的要求，卻因為進章叔叔的堅持，只能以旁觀者的角度，看著我成長，不求回報，只希望我過得更加幸福。這種無私的奉獻，也是我一輩子努力的目標。

07

壞小孩

「各位同學，這次段考成績出爐了，我們考最高分的王同學，他的努力是同學之間有目共睹的，所以請大家為王同學鼓勵一下！」講台上老師不斷的讚美這次段考新科的榜首。

首次成績落到第一名以外的我，只能默默的低著頭，看著那張早已濕透的成績單。成績的退步是不爭的事實，我不怪其他人比我多了許多時間來讀書，因為我一直知道，上天是公平的，祂給每個人一天都有二十四小時的時間。

王同學並沒有多了我幾個小時的時間，上天也沒有少給我幾分鐘幾秒鐘，大家都公平的得到這一天的時間，我卻沒有好好把握，不能因為做不完的家事、無理取鬧的要求，而怠惰了可利用的時間，所以我所流下的不是不甘願的淚水，而是悔恨的眼淚。

「噹噹、噹噹……」外頭傳來下課鐘響的聲音。

許多同學迫不及待的衝出教室玩耍起來了，我卻只能趴在桌上不斷的為這次段考不理想而鑽牛角尖。

「……不見了。」一旁傳來男同學的聲音。

「嘿！怎麼了？什麼不見了？」有同學關注著發生什麼事。

「錢啊！我明明放這裡的……怎麼搞的……」一陣翻箱倒櫃的聲音。

「多少錢啊？」開始有許多同學圍著他。

「就是這次校外觀摩糖廠的費用啊！」遺失金錢的男同學說著。

「咦？」周圍的同學都發出驚訝的聲音。

雖然我沒有參加校外觀摩，卻因為同學們的騷動，我也抬起頭來了解一下狀況。

「喂！你這康樂股長怎麼當的呀！錢是不是都亂放啊！」有些同學像是主動自清一樣，急忙的撇清關係。

「你亂說！我才沒有！我記得昨天下午上體育課之前都還在啊！」那位遺失金錢的康樂股長生氣的回答。

「體育課明明就是前一天的事情，你現在才說！」鄰座的女同學罵著。

「又不關我的事……嗚……我明明就放得好好的……嗚……」康樂股長講著講著

竟然哭了出來。

「好了！好了！我先去跟老師報告一下這件事情，大家先回位子上去。」班長出面緩和同學們的情緒，避免不必要的臆測。

「等一下！體育課的時候不是有人掛病號在教室休息嗎？」綁馬尾的女生提出疑問。

「對啊！一定是那個同學偷的……嗚……」康樂股長紅著眼眶四處張望周遭的同學。

康樂股長像個快溺水的人找到浮木一樣，開始游起泳來了，根本不像他前一秒快要溺斃的窘境。

我背脊涼了一下，自己知道同學所說的那個病號講的到底是誰。

「我沒有！」發現自己像是跳起來般的站在座位前。

「那時候就只有妳在，所以妳是最可疑的！」綁馬尾的女生瞪大兩眼看著我。

「對呀！陳韻如平常沒零用錢買零嘴，早上還看到她買塊『蔥油餅』在吃耶！」

康樂股長不斷說服大家錢不見絕對不是他的責任。

「不是的！那是因為今天我扶一位老奶奶過馬路，老奶奶硬塞給我的零用錢……我講的是真的！」我解釋著早上遇到的事情。

「騙肖欸！我扶過好幾百次老人家過馬路，一毛錢都沒拿過！」在班上原本就對我頗有偏見的男同學，在一旁調侃我。

「哇哈哈！」幾個同學因為剛剛的爭吵笑了出來。

「好了！都不要吵了！我去請老師過來……風紀股長幫我維持一下秩序。」班長交代完畢後，就走出教室找老師。

班長一走出教室，一切都安靜下來了，我感覺到周遭很多雙眼睛注視著自己，只能緩緩坐下低著頭假裝看著書本，裝做不在意的樣子。

一個男同學故意撞了我的桌子一下，幾張揉爛的紙團莫名其妙的扔到我的身上。

不知道從什麼時候開始，班上的同學已經不再認同我了，沒有任何原因，也不曉得哪個環節出錯了，沒了鼓勵、沒了掌聲，原來……我現在才發現到我是多麼的渴望這些心靈上的慰藉，這才是我退步的主因。不可否認的，現在的處境讓我沒辦法往前進了，只能停滯在原地不斷的打轉。

「陳韻如！妳出來！」老師要我跟著她。

我默默的走向老師跟前：「老師……」

「班長。」老師沒理會我，只向旁的班長使了眼色。

老師轉身走了幾步，回頭說：「妳還站在那裡做什麼！跟我到辦公室。」

「嗯……」我跟上了幾步偷偷的回頭望著，班上同學們議論紛紛的圍著班長翻找我的書包。

那一瞬間我的腦袋一片空白，連老師同學們都不再信任眼前這位叫做陳韻如的女孩了。從前的溫暖和感動，都已經都消失殆盡，如此活著到底要追求什麼，我真的想不透，找不出任何理由來解釋這一切。

辦公室裡，老師沉重的坐在椅子上不發一語，我則是直挺挺的站在一旁，不敢亂動。

「韻如……妳告訴老師，校外教學的錢是不是妳拿的？」

「我沒有拿！也沒有偷錢！老師請相信我！」

「老師不是不相信妳，但是……」

老師緩緩轉頭看著我的眼睛說：「王美月太太可是常常跟我提起妳的事，還有妳在家裡的所作所為，所以韻如……早點自首認錯的話，對妳往後的人生還有挽回的機會……」

「為什麼美月嬸嬸會……」我驚訝的回答。

老師翻著她的筆記本其中的幾頁說：「其實王美月太太算得上是妳的監護人吧？她可是一位熱心的好媽媽，常常因為妳在家裡行為有所偏差，就會跑來跟我討論如何矯正妳的行為。」

「她都是騙人的！她根本是個騙子！」我發現自己氣得全身發抖。

「啪！」老師打了我一個耳光。

「陳韻如！妳要好好想清楚自己的處境！是誰收留妳的？妳的學費打哪來的？妳每天吃的飯菜是誰做的？」

不可否認，都是這個家給的，根本沒有反駁的餘地。

「報告！」外頭有人敲門。

「進來。」老師應答著。

「老師，在陳韻如的書包夾層裡找到裝錢的信封，裡面的錢清點過了，確實是校外教學的費用，都沒有短少。」班長將剛剛的結果一字不漏的講給老師聽。

「好，辛苦你了，先回去叫同學自習一下，老師先處理一下事情。」

「是、是有人想害我，做這種惡作劇的！」我用央求的眼神看著班長，希望他講的不是事實。

「陳韻如，妳不用多說什麼，今天我會親自見見陳進章先生的。」老師淡淡的說。

「那……老師還有事情要交代的嗎？」班長問著。

「沒事了，注意一下秩序就好。」老師拿著筆開始在筆記本上註記今日的行程和事項。

「……」辦公室裡靜默了一陣子。

「老師真的很不喜歡不誠實的孩子，尤其是做錯事還不斷找理由搪塞的人，以後每節課妳就到教室後面罰站，聽到了沒有？」

「是……」離開辦公室的我，反而希望回教室的路變得漫長永無止盡，因為我可以猜想到班上的同學會有怎麼樣的反應，但是一切都只能概括承受，沒有轉圜的餘地。

那天，老師跟著我回家，講好聽一些是家庭訪問，難聽一點就是興師問罪。

「韻如的今天的事情，真的要跟老師和班上的小朋友說聲抱歉……」看著進章叔叔不斷的跟老師道歉的模樣，坐在一旁我，心像是糾結一起般的難過。

實在不知道自己和誰有過深仇大恨，需要這樣栽贓給我，想必自己也有對不起他的地方吧？

「千萬別這麼說，小孩子難免會犯些錯，對於這些事情美月太太也常常來學校找我討論教導孩子的方法不遺餘力，既然校外教學的費用都找回來了，這件事情我也希望到這裡結束。」老師感慨的說著。

「那真的是要麻煩老師了，希望韻如不要因為這樣就被同學欺負。」進章叔叔擔心我會受到同學的排擠。

「應該的！這是我們為人師表應該做的。」老師一再的保證。

「這樣好了，明天我會到學校跟同學們道個歉……」進章叔叔詢問的口氣。

「老公，這件事讓我來做，你晚上要工作，白天回到家是該休息的時間，韻如同學那邊讓我去道歉就好。」美月嬸嬸搶先說著。

「啊！同學們聽到美月太太要來班上的話，一定會很高興的，我想沒多久就會對韻如這件事情慢慢淡忘掉的。」老師臉部表情非常同意這個主意。

這也難怪，自從我帶剩飯到學校引起騷動，讓老師來家裡訪問關心之後，美月嬸嬸就會三不五時帶著點心零嘴到學校去，展現十足的親和力。

除了常常讚美老師教導有方，取得良好互動關係外，順便拉攏同學的信任。而她知道學校準備舉辦校外教學的時候，還用錢收買康樂股長，慫恿他故意把那些費用偷偷的放在我的書包裡，然後演齣戲讓我在學校完全沒有立足之地。這些事情也是美月嬸嬸來學校替我跟同學道歉的那天，偷偷把康樂股長拉到一旁，塞些錢給他，見到這一幕的我才知曉，這也只是對付我的手段之一。

美月嬸嬸還會利用和學校老師親師交流的時候把我批評得一文不值，說我從來不會幫忙做家事，一回家只會玩，考試到了就只會想著作弊的方法，我那些優秀的成績是作弊得來的。

也說家裡的錢常常都會不見，還會對美月嬸嬸和義弘哥哥惡作劇，歸根究柢錯都出在我的身上，所以請老師對我嚴厲一點，犯錯處罰就直接打手心賞耳光，在校評比能多糟糕就多糟糕，看能不能讓我上不了國中。

壞小孩的風評就一直跟著到我，直到擺脫了這個充滿敵意的家庭後，才漸漸落幕。每當我想起這段往事的時候，總是讓人會心一笑，這種像是孩童般胡說八道和小心眼，卻使自己吃足了苦頭。

但是要我被這樣打敗，實在辦不到，所以我更加的用功讀書、妥善的利用時間，這是環境壓力下所體會出來的心得。

08

包裹

自從那次見面之後，就沒再見過周伯伯和許阿姨到家裡拜訪了，我一直以為當初的承諾，只是隨口說說的而已，其實這件事有著很大的玄機……

進章叔叔的家旁邊有個小倉庫，聽叔叔說過，日治時代那個地方是個防空洞，後來才被這裡的地主改建成存放物品的庫房。

每到天氣潮濕的時候，裡面的霉味會讓人受不了。平常是堆放些家裡用不到的東西、舊衣服的地方，說穿了，只是間暫時的垃圾房，美月嬸嬸平時也不會叫我到這裡打掃，還記得那次和進章叔叔大掃除的時候來過這裡一次……

倉庫外頭的鐵門可能是生鏽的關係，轉開的時候總是會發出尖銳「吱吱」聲，連進章叔叔推開那扇門的時候都會累得滿頭大汗。

「呼、呼呼……我先休息一下……呼……」進章叔叔上氣不接下氣的說。

「好，叔叔我幫你按摩吧！」我使勁的捏揉著進章叔叔那僵硬的肩膀。

「唔……好舒服啊！」進章叔叔抖抖雙肩。

我和進章叔叔將家中清出來的垃圾一包包的往裡面堆去，一連來回了好幾趟，卻也樂在其中。

「阿章啊！阿章啊！」好像聽到門外有人喊著進章叔叔的名字。

「進章叔叔，外面好像有人叫你的名字耶……」我不確定的說著，一邊側頭傾聽著門外的聲響。

「有嗎？有人叫我嗎？」進章叔叔放下手中的東西說。

「阿章啊！」確實是門外傳來的聲音。

「有！有！有！是阿賢喔！」進章叔叔一聽聲音就知道是好朋友來了。

進章叔叔走出倉庫，向著門外說：「阿賢怎麼了？」

「三缺一、三缺一啦！快來啦！」那位叫阿賢的男人說著。

「還在大掃除走不開……」進章叔叔語氣有點可惜的樣子。

「這麼辛苦喔！叫你老婆打掃就好了啊！」阿賢打趣的說。

進章叔叔平常除了工作之外，最大的娛樂就是打麻將了，看著進章叔叔帶有失望的表情，一股報答的心情油然而生。

「進章叔叔，這裡剩沒多少事情了，你就放心的去打麻將吧！」我搶下進章叔叔手邊的東西。

「這樣會不會……」叔叔不好意思的開口說著。

「不會！不會！只要進章叔叔贏錢後，記得買零食給我吃就好了呀！」我撒嬌似的說著。

「會的、會的。」進章叔叔摸摸我的頭。

「唷！馬上來囉！」進章叔叔對著門外大聲吆喝著。

進章叔叔出門以後，我看了看四周凌亂的景象，不由得吐了長長一口氣，其實是在怪自己愛逞強的心態。

提著大包小包的東西，重心不穩的走進倉庫裡，只看到靠近門口的地方堆滿了物品，可想而知大家都有偷懶的心態，所以只能往更裡面去擺放手中的東西。

「啊！」突然踢到不明的硬物，害我跌倒膝蓋直接撞到地板，只好雙手環抱膝蓋，痛苦的呻吟著。

「到底是什麼東西啊！」我用另外一隻沒受傷的腳，發洩般的踹著那個害我跌倒的不明物體。

「咚、咚、咚。」聽那個聲音像是紙箱碰撞特有的聲響。

因為在倉庫裡面的關係，太陽的光線照不到那個物品，我摸黑觸碰那樣東西，但是單靠手指的觸覺傳達不了多少訊息，幸好那樣物品的重量我還推得動，乾脆推到有陽光的地方，一切就迎刃而解了。

那樣東西磨擦地板發出「啪滋、啪滋」的聲音，更讓我確信那是一個紙箱，且裡面裝滿許多東西。我努力了一陣子，終於把它推到陽光照得到的地方。

「呼……呼、呼！」我喘氣著，看著這個包裝完好的箱子，除了箱上灰塵厚厚的一層之外，綑綁的帶子沒有開封的痕跡。

我撥了撥埋在灰塵下署名的位置。

「咳、咳咳！」吸了幾口灰塵。

上頭浮現再熟悉不過的名字「陳韻如收」。

驚訝之餘，我趕緊拆封來看裡面的東西。擺在箱子最上頭的是一封信，再來是昂貴的洋娃娃，最後是幾本故事書。

我小心翼翼的將那封署名給我的信打開來看。

「韻如，最近過得好嗎？最近天氣越來越寒冷了，自己要注意一下保暖，別著涼感冒囉！裡面的洋娃娃、故事書是我和周伯伯挑的，希望妳會喜歡，也請妳務必要收下它，這只是我們小小的心意。我們有空的時候，會再來看看妳的，如果有什麼困難需要幫助的地方，可以寫信來給我和周伯伯，我們都很樂意幫忙的，最後祝妳事事順心、身體健康。許阿姨敬上。九月八日。」

沒有艱澀難懂的文字，只有滿滿的問候，然而信中所註記的日期，距離現在的日子已有四個多月了。看著許阿姨寫的這封信，下意識的拿起來聞了一下上面殘留著的筆墨香，好希望這些隻字片語可以永遠的保存在心中。

我拿起那個可愛的洋娃娃，緊緊的抱在懷裡，對我來說這些東西像是無價之寶一樣。但是為什麼它會這麼憂傷的躺在這裡？其實會是誰做的，我心裡早有個底了。

「對不起，真的很對不起，剛剛踢了妳。」我對著洋娃娃和紙箱不斷的道歉。

探頭望著紙箱內的幾本故事書，隨手拿起了一本，仔細看了它斗大的標題「賣火柴的小女孩」，我翻開了第一頁，很仔細的閱讀著裡面的文字。

「一個好冷好冷的聖誕夜，屋外大雪紛飛，街上暮色蒼茫。」

「在這個冷颼颼、黑漆漆的夜晚，一個小女孩在街道上踽踽獨行，她的頭上沒有戴帽子，腳上也沒有穿鞋子。其實，她從家裡出來的時候，腳上還穿著一雙大拖鞋，但剛才為了躲避一輛疾駛而來的馬車，使得那僅有的一雙拖鞋也遺失了……」我跟著故事書的內容唸了起來。

賣火柴的小女孩每天都要到鎮上去賣些火柴維持家計，而且從來沒有一次溫飽過，而自己只要做完家事，卻還有飯可以吃。

賣火柴的小女孩痛失了疼她的外婆，沒有任何人可以安慰她，而自己卻還有進章叔叔可以庇護著自己。

每唸完一個段落，我都會拿自己所經歷的事情來做個比較，這時候才發現自己是如此的幸運。隨著故事的結束，沉重的將書本闔上，我抬起痠痛的脖子，閉上眼睛長長嘆了一口氣。

當我張開眼睛的時候，卻發現廢棄架子上有許多未拆封的小箱子，跟許阿姨寄給我的箱子大同小異，差別在於箱子的大小而已。當我全部打開來看，才知道周伯伯和許阿姨這幾年送我的東西，竟然都被埋在這裡，頓時驚訝到無以復加。

「進章啊！吃中飯了喔！」外頭傳來美月嬸嬸的呼喊聲。

我急忙的想將這些寶貝收起來，但是一時之間這麼樣龐大的數量，卻找不到空間可以存放。

「進章……」看到只有我在這裡的時候，美月嬸嬸的面貌談吐就不一樣了。

「進章叔叔和朋友出去了……」我小心的將那本故事書藏在背後。

「那妳還在這裡偷懶是不是？妳知道家裡的東西還有多少沒擦過、掃過嗎？」美月嬸嬸看著我身邊一箱箱的東西，眼神變得更加銳利。

「這裡……整理完畢，我馬上過去……」我低著頭支支吾吾的說。

「不用！妳馬上給我回去家裡整理！」美月嬸嬸氣勢凌人的走過來。

「我這裡、這裡很快就會收拾好，拜託讓我整理就好……」自己對美月嬸嬸接下來的舉動可是略知一二，只能乞求著美月嬸嬸。

我偷偷將那本故事書藏在褲子裡，希望這本書不要被美月嬸嬸發現。

美月嬸嬸見我沒有要走的意思，拿起一旁的竹掃把朝我背上打了過來，痛得我只能蜷縮在地上，反正只要不是打臉部以上屁股以下，進章叔叔就不會察覺到我的傷口。

「怎麼樣？就是我丟的！妳有什麼意見！啊？待會我就燒了它！」美月嬸嬸冷冷的說。

「不要……拜託不要燒了它，嬸嬸講的話我都會聽的……」我用求饒的眼神看著她。

「我看妳是要被活活打死在這，還是要讓這些垃圾被我清理掉！」美月嬸嬸打到氣喘吁吁才肯罷手。

等到美月嬸嬸手中的竹掃把停歇了，我才一拐一拐的爬了出去。

在繁忙的家事中，我只能望著面對倉庫外的窗口，看著一條一條的黑煙往天空竄去，心如刀割。

從那次發現周伯伯和許阿姨寄來的東西之後，就再也沒在那個倉庫裡發現周伯伯和許阿姨所捎來的問候信了。

不曉得是因為我都沒有回信的關係，所以開始淡忘掉，還是美月嬸嬸都像那天一樣，直接毀掉我的希望。但這一切卻都已經無所謂了，因為我知道，這世界還有關心自己的人存在，就算碰到世界末日來臨，我也不再害怕了，因為心裡頭還殘留著信中問候的溫暖。

09

離家出走

聽到進章叔叔一家人又要利用連續假日到鄉下遊玩，一陣陣失落卻不斷的湧上心頭……

因為我知道，自己沒有那個福份參與。

正在廚房洗碗的我，聽到進章叔叔又在和美月嬸嬸吵架了，爭的事就是要不要帶我一起去的問題。通常進章叔叔再怎麼強硬，卻不得不向會拿自己小孩做要脅的美月嬸嬸低頭。

「讓韻如跟著我們就不行嗎？況且她一個人在家，這兩天我會擔心的！」進章叔叔嚷嚷著。

「那好啊！你就一個人帶著陳韻如去玩吧！我自己帶著義弘回媽那裡去！」美月嬸嬸不甘示弱的說。

「妳不要動不動就拿媽來壓我！」房間裡傳來重物摔落的聲音。

「既然你這麼喜歡護著那個沒教養的孩子，那我明天就帶著義弘回媽那裡去，我們不會再回來了！這樣子你滿意了吧！」美月嬸嬸嘶吼般的叫著。

「妳……不可理喻！」進章叔叔氣得走出房門後，用力的甩門。

進章叔叔走出家門外，看來是坐在階梯上抽著悶菸，消除心中的不滿。

我放下手中的碗盤，悄悄的走到進章叔叔的身後，幫他按壓著僵硬的肩膀。我知道進章叔叔不斷的想讓我融入這個家庭，但是最大的難題卻遲遲突破不了，美月嬸嬸根本不肯接受外來的孩子。

「韻如對不起，可能又要讓妳顧家了……」進章叔叔的聲音，像是打敗仗般的低沉。

「沒關係啦！連假完還要考試，這幾天剛好我想在家裡複習，正愁怎麼拒絕進章叔叔呢！」我笑笑的回答，心裡卻是在淌血。

「唉……」進章叔叔吐著白白的煙圈，心裡卻有說不出口的話。

「美月嬸嬸的媽媽也喜歡做菜嗎？」我轉移話題。

「嗯？」突然聽到我如此問，進章叔叔愣了一下說：「對呀！美月的媽媽真的很會做菜唷！很好吃喔！」

「所以美月嬸嬸的手藝是遺傳的喔？難怪我很喜歡吃美月嬸嬸煮的飯菜！」我誠實的回答著。

「真的嗎？這次旅遊回來，我會叫美月多煮些好吃的東西給妳吃。」進章叔叔拍拍我的手背。

雖然我知道那是不可能的事情，但是為了不讓進章叔叔內疚，我總是會先發制人，讓這段風波早點過去。

隔天要出發前，進章叔叔叮嚀著我：「韻如，我有拜託隔壁的張阿姨，她會照顧妳的三餐的，記得肚子餓的時候，跟張阿姨說一下她就會弄給妳吃了。」

「嗯！我知道的，進章叔叔路上請小心。」自己卻發現眼淚已經快流下來。

進章叔叔摸摸我的頭。

「義弘你好了沒？」美月嬸嬸在車旁等得不耐煩似的，對還在屋內磨蹭的義弘哥哥喊著。

「我去叫義弘哥哥！」為了不讓進章叔叔看到我哭的樣子，只好趕緊找事情離開。

進到屋內就和冒失的義弘哥哥撞個正著。

「妳幹嘛啦！」義弘哥哥兇狠狠的說。

「……你媽媽叫你快一點。」我來不及將臉上的淚水擦乾淨。

「哈！哭餒！誰叫妳又跟我媽媽頂嘴了！活該！」義弘哥哥扮著鬼臉嘲笑我。

「……」我沒有理會義弘哥哥的挑釁，轉頭就往房間走去。

「愛哭鬼、愛哭鬼！我們要出去玩囉！哈哈！」聽到義弘哥哥的笑聲，我索性摀起耳朵，加快腳步走著。

我趴在床上，一動也不想動，根本沒有心情去看書。自己是多麼期待這次的旅遊，當進章叔叔提起這次要讓我去的時候，是多麼的開心，如今卻變卦的讓人傷心。

我摸著藏在枕頭下的那本故事書，腦袋一片空白。

「地址！」我腦中突然靈光一現大喊著。

我從枕頭下拿起那本故事書，裡面夾著那封許阿姨寫給我的信，上面清楚的寫著周伯伯許阿姨家裡的地址。

我拉開床底下存錢的糖果罐，將它倒在我的手心中。一大把幣值很小的硬幣，這些都是進章叔叔偷偷塞給我的零用錢，不曉得足不足夠到得了周伯伯和許阿姨的家。但是想到美月嬸嬸把周伯伯他們的心意藏了起來，足足隱瞞了好幾年不說，搞不好周伯伯許阿姨還會覺得自己是個很沒禮貌的小孩子，收了人家的禮物，從來沒有回信道謝過。想到這裡我心一橫，挑了一件最得體的衣服，出發前往自己所嚮往的地方——周伯伯許阿姨的家。

到了火車站的我，拿著信紙上面的地址給售票的阿姨看。

「阿姨，請問到這裡要多少錢？」我踮起腳尖問。

「這個地方……我算一下……」阿姨在紙上寫了一個對我來說驚人的數字。

我將鐵罐的錢，全數倒了出來，開始在櫃檯上一一清點多少錢。

「妹妹沒有跟著爸爸媽媽出來嗎？」售票的阿姨緊張的問著韻如。

「沒有……十、十一、十二……」我專心的數著錢。

「為什麼呢？」阿姨更緊張的追問著。

「爸爸到天國，媽媽不要我了……十八、十九……」我如實的回答。

「……」阿姨沉默了一下說：「那妹妹妳到那裡要做什麼呀？」

「因為我要向兩位默默照顧我的恩人道謝。」我雙眼張得大大的說。

「但是妳這些錢……」售票阿姨看了一下我手中沒算完的錢，就知道數目不夠了。

「……不夠嗎？」我心涼了一下。

「妹妹妳等等我一下，我去問問看站長，看妳有沒有免票的資格。」看著售票阿姨匆匆的跑到站長室比手畫腳起來。

我只能默默的抱著失望的心情，往大門走去。

「欸！欸！小妹妹，等一下……」售票阿姨叫住了我。

「因為妳的身高已經超過免票的資格了，所以真的很不好意思……」售票阿姨表情愧疚的說。

「嗯……謝謝阿姨。」我向她行個禮，轉身要離開。

「妳這些錢夠買一張單程半票過去，但是回來的費用……」售票阿姨用詢問的語氣說。

「沒關係！只要能過去就好了，回來的路程我可以用走的回家！」我用一種非去不可的氣勢說著。

「那……好吧！」售票阿姨苦笑的說。

我把裝錢的糖果罐遞給了那位售票阿姨，阿姨將鐵罐的錢倒了出來，收了幾枚銅板後，把所有的錢又放了回去，幾乎原封不動。

「阿姨這些……」我原本想開口問著阿姨拿走這幾枚銅板夠買車票嗎？

沒想到售票阿姨將手伸出窗口微笑的說：「來！這是妳的車票，記得路上別讓自己餓著了。」阿姨眨眨左眼。

「是、是……謝謝阿姨。」接過車票的那一瞬間我真的快掉下眼淚了，原來這世界上還有很多願意伸出援手的人。

「噗——噗——」遠方傳來火車進站的汽笛聲，望著四周冷清的乘客已經開始走動準備上車了。

「吱——」火車的剎車聲格外的響亮。

下車旅客紛紛拿著行李往車門走了下來，我看著眼前這位叔叔背著大包小包的行李，卡在車門邊動彈不得，幾個乘客見到門口被堵住便往其它車門繞去，聽著催促上車的汽笛聲響起。

「叔叔我幫你。」我上前幫忙將他身上擋到的包包取下。

兩人七手八腳的忙了一陣子，直到汽笛聲再度響起時，我才匆匆忙忙的跑上火車，回頭跟那位叔叔揮揮手。

「感謝幫忙呀！小妹妹！」看著越離越遠的叔叔不斷的揮手大喊著。

「呼、呼……」喘了幾口氣後，我挑個靠窗的座位坐了下來。

隨著火車的車速越來越快，窗外景色不斷的變換，感覺很新鮮好玩，直到停靠了下一站，有位穿西裝的伯伯拿著手中的車票看了看後，拍拍我的肩。

「妹妹，妳是不是坐錯位了？」穿西裝的伯伯問著。

「咦？」我伸手摸進口袋拿起那張車票，上面有許多阿拉伯數字，跟一些看不懂的外國字，我趕緊起身準備換位。

「沒關係、沒關係，坐著就好。」伯伯伸手示意要我坐下。

穿西裝的伯伯則是坐在我的旁邊閉目養神，偶爾的咳嗽還會帶有一點進章叔叔常抽的煙草味道，讓人好不習慣。

我看著手中的車票發愣，直到睡意慢慢來臨。

只知道睡夢中火車不斷在搖晃著，突然有人拍打的肩膀的感覺，我睜開眼睛看著一旁的伯伯。

「妹妹，妳要到這一站下車吧？」伯伯指著我手中那張車票。

「是、是、是！對不起！已經到了嗎？」我焦急的問。

「是啊！剛剛靠了站。」伯伯催促著我。

「謝謝伯伯！」

匆忙的下了車後，出了剪票口只能逢人就問周伯伯家裡的地址怎麼走，挨家挨戶的走了幾條街口，餓了就買些饅頭包子吃，累了就找個有屋簷的店家休息。好不容易走了幾里的路，終於找到周伯伯許阿姨的家。看著門牌跟手中的信紙地址一模一樣，心裡開始莫名的緊張，雖然在火車上已經不斷的沙盤推演見面時要講的話，但是實際遇到的時候，那種臨場感卻完全不同。

我吸了一口氣，走上前敲著門。「叩叩、叩叩！」一連敲了幾次，都沒人應門的聲音。

「請問周伯伯、許阿姨在家嗎？」我對著屋內喊著。

許久，屋內一直沒有動靜，住隔壁的鄰居太太探出頭說：「小妹妹，妳找周先生有什麼事嗎？」

「啊……我、我要拿些東西給周伯伯，不知道周伯伯在不在家？」我點頭示意著。

「那真的不好意思讓妳白跑了一趟，周先生和周太太出門到南部遊玩了，可能要好幾天才會回來喔！」鄰居太太滿臉可惜的樣子。

「這樣喔……」我的心情像是洗三溫暖一樣。

「需不需要幫妳帶些話等周先生回來告知他？」鄰居太太問著。

我搖搖頭，垂頭喪氣的離開。

走了沒多久，看著手中皺皺的信紙，心想著：「起碼留封信下來吧！」我想讓周伯伯許阿姨知道，我無時無刻都感謝他們這麼的關心我，就算沒有爭取到扶養我的權利，也不曾忘記給我打氣和鼓勵。

所以我把心中的想法寫了信，投遞進周伯伯家門的信箱裡，便往火車站的方向走了回去，一路上則是不停的回頭望著周伯伯的房子，心中滿是遺憾和空虛。

鐵罐裡剩下的錢只能坐火車到離家的前三站，但是下了火車之後，時間也快到午夜了。我揉著睏倦的眼皮，看了一下四周昏暗的道路，心裡忐忑不安的走回火車站，找了張椅子歇息一下，準備等到早晨的時候再走路回家。

「欸！小妹妹妳一個人在這裡做什麼？」有人拿著煤油燈照著我的臉，亮得我睜不開眼睛。

「一個人睡在這裡太危險了吧！先帶她回局裡面再說。」一旁的人說著。

「請問你們是誰？」我發出疲倦的聲音問著眼前看不清楚面貌的兩個人。

「小妹妹妳不要害怕，我們是警察伯伯，不是壞人。」他們趕緊解釋著。

聽到「警察」兩個字的時候，我嚇得把疲倦拋到腦後，因為聽過警察是專門來抓壞人的，也不知道自己犯了什麼錯，要被帶到警察局去，一路上不斷的苦苦哀求著，說自己沒做壞事不要抓我，弄得兩位警察伯伯啼笑皆非。

到了警察局裡，一位正在位子上值勤的警察伯伯走了過來。

「妳不是今天在火車站的那位小女孩嗎？」貌似熟識的警察伯伯走上前很仔細的看著我的臉。

「楊組長你認識她啊？我跟偉翔剛剛在巡邏的時候，在火車站裡見到她睡在椅子上，怪可疑的。」帶我過來的警察驚訝的說。

「她今天可幫了我一個大忙！所以我的印象才這麼深刻。」那位被稱作楊組長的警察不斷嘖嘖稱奇的說是緣份。

原來早上這位組長請了假，回到老家探望生病的家人，因為買了太多補品差點卡在車門下不了車，幸好有我伸出援手才得救。楊組長仔細的詢問我今天發生的事，聽了我今天的壯舉，大大稱讚我的勇敢和懂事，當下還借台腳踏車載我回到家裡。

這並非是件幸運的事情，而是因為「人在做天在看」，做善事的人絕對會有好的回報，這一直是我堅信的信條之一。

10 動機

遠方的夕陽已經快沉入地平線了，欣翰正努力的想著如何把韻如所說的往事，寫成發人省思的奮鬥故事。

「對不起……一想到這些刻骨銘心的往事我就無法控制自己情緒，不知不覺耽誤你這麼多的時間。」韻如一臉歉意的說。

「學姊，絕對沒這回事，我還怕耽擱妳回家的時間，畢竟放學後還要委屈學姊幫忙我們採訪社作專題報告，該說抱歉的其實是我才對……」欣翰不好意思的搔著頭說。

「那……今天我們就『聊』到這裡了喔？不然可是會讓周伯伯和許阿姨瞎操心的。」韻如收拾著書包和喝過的茶杯。

「學姊，杯子妳就放著等等給我洗就好，妳趕緊回家吧！那明天……韻如學姊還有空嗎？」欣翰上前接過韻如手中的茶杯。

「嗯……」韻如歪著頭想了一會兒。

「有事情的話，改天也可以。」欣翰忙著緩頰。

「沒關係！我可以來的，絕對不會食言。」韻如肯定的說。

「那真的是非常感謝韻如學姊的幫忙。」欣翰向韻如深深鞠了個躬。

韻如揮揮手示意著要欣翰不要這麼拘束她的身份，她走到門口的時候，抬頭望著低垂夜幕中的月亮。

「怎麼了，學姊？」看著韻如若有所思的樣子，欣翰納悶的問。

「……嗯！其實我差點就做了傻事了……」韻如突然紅著眼眶說。

「後來發生了什麼事情嗎？」欣翰企圖安慰著韻如的情緒。

「……」韻如抿著嘴，不斷的用袖子擦去她眼中的淚痕。

「如果說出來可以讓自己舒暢些的話，耽誤點彼此的時間也無妨吧？」欣翰打開窗戶，探頭欣賞著勾起韻如回憶的滿月。

「我曾經想要報復欺負我的人，那是種……很恐怖的想法……」訴說往事的韻如殘留淚痕的臉龐，卻帶著一種讓人感到陰沉的氣息。

回家的路上，欣翰進了雜貨店買了一瓶彈珠汽水喝了幾口後，突然想起韻如返家前說的那段「差一點」的傻事，喉嚨乾咳了幾聲。

欣翰舉起那瓶汽水，腦海中卻不斷的播放韻如所說的一字一句……

「因為美月嬸嬸的緣故，我不僅在親戚、鄰居、老師和同學眼中是個異類的存在，還是個行為極度偏差的女孩子。」

「周遭越來越多人對我反感，看到我的人也只剩下兩種反應，一種是懼怕的眼神，另外一種則是討厭的眼神。」

「但是美月嬸嬸非但不想罷手，反而更加凌虐我，在言語上、行為上想盡辦法折磨到讓我想要自己結束掉自己的生命。不僅如此，還得面對親戚、鄰居、同學們的冷嘲熱諷，運氣好的話只會是個精神上的疲勞轟炸；運氣欠佳的時候，每分每秒都被拿著放大鏡不斷的找碴，常常不得安寧……」

「所以……就在那一次……」韻如憂心的臉龐浮現在欣翰眼前，真真實實的呈現著。

那是我升上小學五年級的事情，記得那時候段考名次一直都沒有好轉過，不管如何抓緊時間讀書，卻一直停留在前五名以外……

「陳韻如妳不是很會讀書嗎？那為什麼越考越爛呀！」幾個比較魁梧的女同學圍著我說。

「這還用說！每天想著做些見不得人的事情，哪有時間去讀書啊？」幾位同學因為之前校外教學費用被偷的事情耿耿於懷，到現在還會提出來消遣我。每天都會被如此言語霸凌幾次，他們才肯罷手。

不僅如此，回家路上的公園裡，還會被說三道四的長舌婦們叫住。

「嘿！妳是陳家那位叫韻如的女孩子喔？」微胖的婦人叫住我。

「……」幾個熟識的鄰居們身旁多了幾位生面孔，看著她們不懷好意的眼神，我只能點點頭。

「來來來，給我看一下……」一個瘦小身材、面貌乾癟沒見過的婦人抓著我的頭擺正與她的眼神相對了一下子。

「請問有什麼事！」我用力的掙脫。

「妳不要亂動！妳知道妳這樣做會害我分心嗎？」瘦小的婦人義正詞嚴的說。

只知道瘦小的婦人用力的拉扯我的頭髮，好讓我痛到沒辦法掙脫。

「妳們看、妳們看！」瘦小的婦人一吆喝，一旁的婦人爭先恐後的觀望我的臉。

「妳們看到左眼底下那顆痣……那顆就是剋親痣。有這種痣的人，身旁的至親常常不是早逝就是妻離子散，沒有一個好下場……」瘦小婦人講得頭頭是道，一旁的婦人聽得不斷點頭贊同。

原來新搬來的鄰居據說懂了一點面相，吸引了許多婆婆媽媽來看命格之類的東西，而她們最想知道八卦人物的命格，所以才會找上我當做開刀的對象。

「唉唷！妳說得可真準啊！這孩子啊！剋死自己的爸爸不說，親生的媽媽跟人跑了，現在還把陳家鬧得雞犬不寧。上次我看到平常不會兇老婆的陳先生，竟然大發雷霆的斥責著美月太太，這孩子可真是糟糕啊！」一旁老鄰居張太太像是領悟到真理似的，滔滔不絕的說著。

「不好意思！我可以回去了嗎？」我有點生氣的問著。

「這孩子可真不得了了，得趕快跟美月太太討論這件事。」幾個婦人根本沒有把我當做個人來看，自顧自的高談闊論著。

沒多久，身旁的婦人一哄而散，只留下自己傻愣在原地。

聽到別人的批評，我早就已經麻木了，但是唯獨把過世的爸爸拿來當作怪力亂神的玩笑話，心中的怒火早就按捺不住，準備爆發。

回到家裡的時候，也沒有好過到哪裡去，聽到街坊鄰居八卦的說辭，美月嬸嬸更加猜忌我的存在，常常會往我身上撒符咒或是香灰，說是驅邪避凶，其實只是跟平常一樣，發洩情緒罷了。

被如此羞辱的我，心底開始萌生報復的念頭。

在學校裡，輪到當值日生的我，搭檔永遠都是神隱般消失不見，每當中午吃飯的時候，就要一個人抬著全班的便當盒走回教室裡去。

就因為只有我一個人，我總是會打開常常欺負我的同學的便當盒，幫他添加一些「大自然的好料」。

有時候路上經過常常說我壞話的鄰居家門口時，發現晾曬的衣物，我都會神色自若的經過，就像人家常說的「凡走過，必留下痕跡。」這句道理一般，而我則是讓痕跡變成一堆衣物如此而已。

遇到美月嬸嬸和義弘哥哥一搭一唱修理我的時候，我則是會默默的走到外頭的庫房邊，看著自己埋下的老鼠藥，心裡不斷的告訴自己：「時機還沒到，我要忍、我要忍下來。」

直到有一天，我終於忍無可忍了。我把那些藥摻入在美月嬸嬸與義弘哥哥常喝的彈珠汽水裡面，因為汽水的味道強烈，可以說是天然的偽裝品。聽到外頭傳來義弘哥哥回來的聲音，讓我心跳衝到最高點，我躲在一旁裝做沒事的看著，心中持續的安慰自己：「一切快要結束了，這只是一場惡夢。」

回到家的義弘哥哥看到母親幫他準備的彈珠汽水，興高采烈的打開瓶蓋，正準備喝下去的時候，美月嬸嬸在廚房呼喊著義弘哥哥的名字。看到他緩緩的放下那瓶汽水的剎那，我竟然腳軟的癱在地上，像是鬆了一口氣般，心中責怪自己一時的衝動，差點就毀了自己和別人的人生。我提起精神拿走那瓶汽水走到家門外，將瓶蓋打開倒在水溝裡的那一瞬間，眼淚卻已經潰堤了……

「對不起……進章叔叔……我差點、我差點就做了傻事……」

「對不起，周伯伯、許阿姨……我差點就辜負了你們的期望……」

「對不起，爸爸……我差點就讓你蒙羞了……」

滿腦的愧疚，卻讓我想起那本故事書的內容。賣火柴的小女孩就算被虐待、被看不起，也沒有因此起了這些歹念頭，而是獨自承擔著生活的重擔，直到最後離開人世，留下了遺憾。

「所以……我的結局絕對不能像賣火柴的小女孩一樣，留下令人嘆息的遺憾。因此，我都以此為借鏡，不得犯之。」韻如溫柔的聲音不斷的在欣翰腦海重複說著這句話。

社團教室裡，欣翰像是閉目養神休息的模樣，其實心裡卻是來回不斷的品嘗韻如學姊的人生觀，那箇中的滋味，一定只有聽過這個故事的人，才能感受到的。

「叩叩！」社團教室外響起了清脆的敲門聲。

「請進。」欣翰說。

「欣翰學弟你好，讓你久等了。」開門走進來的韻如，跟往常一樣，臉上總是掛著笑容。

「不會、不會，又麻煩學姊走一趟這裡，那……學姊要喝茶還是水？」欣翰起身走到茶水間問著。

「水就可以了，謝謝。」韻如走到窗戶邊，享受著迎面而來的涼風。

韻如的長髮隨著微風飄逸著，她將雙手的手肘靠在窗邊，似乎無時無刻在享受著，這得來不易的幸福。

「我想……接下來的故事，該從那裡說起呢……」韻如自言自語的說著。

「哪裡都行，洗耳恭聽囉！」欣翰拿起筆記本，上面都是密密麻麻的文字。

韻如語帶消沉的說：「那……就要從國小六年級那一次意外說起了……」

11

意外

……

在課堂上，班導師正在黑板上計算數學公式的解答，外頭卻傳來急促的腳步聲

「陳韻如同學在哪？」學務主任氣喘吁吁的四處張望。

「咦？主任怎麼回事了？韻如又做錯什麼事了嗎？」班導師神情緊張的發問著。

「是、是韻如的家人……出了車禍！」學務主任斷斷續續的說著。

聽到學務主任口中的家人，自己的身體不由自主的站了起來。

「是……是誰？」我腦袋一片空白。

「陳韻如妳還不趕快跟著主任！」班導師驚慌的催促著。

學務主任對著走出教室的我說：「陳進章是妳家裡的什麼人？」

聽到學務主任講出那個我最不願意聽到發生意外的人，頓時腦中像是閃電劈到一樣，雙眼無神的望著前方。

「韻如，妳有聽到嗎？陳進章是妳的誰？告訴主任一下。剛剛有個自稱陳進章同事的人打電話來學校……」學務主任抓著我的肩膀說。

我緩緩抬起頭，眼神空洞的說：「他……他是扶養我的叔叔。」

「那韻如……妳要做個心裡準備，聽說傷勢不樂觀，主任等等會開車帶妳到醫院……」學務主任憂傷的說。

覺得一陣無力感襲來，我低著頭默默的跟著學務主任。

從沒有人告訴我，遇到這種事情的時候要如何去面對。自然而然的，我想起進章叔叔帶我見爸爸最後一面的時候，那種感傷湧出心頭。

悲劇一直不斷的重演，就像是廟口的布袋戲一樣，這齣演完了就換下個橋段；沒劇本的時候，就把先前戲碼重新包裝再出發，就像這樣輪迴下去。

坐在學務主任的車上，我胡思亂想的想著美月嬸嬸的表情、義弘哥哥的動作，而自己能做的是怎麼？畢竟自己是不被他們接納的一員，想到這裡心中則會隱隱的作痛。

到了急診室外，美月嬸嬸和義弘哥哥早就坐在椅子上，相擁哭泣著。我正要走上前的時候，美月嬸嬸暴怒的說：「是誰帶她來的？進章絕對是這孩子害的！」

「美月太太妳別這樣……是我打電話到學校叫她來的……」一旁的男人應該就是那位自稱是進章叔叔同事的人，他阻擋了美月嬸嬸衝過來打我的舉動。

「麻煩主任……能幫我先帶著韻如到外頭休息一下嗎？」進章叔叔的同事說著。

「好、好、好……沒問題。」學務主任看到平時和藹可親的美月太太竟然發瘋似的把責任歸咎於不相干的我身上，嚇得不知如何是好。

我望著美月嬸嬸不斷的和進章叔叔的同事拉扯著，嘴裡還不斷的叫罵自己的名字，卻絲毫感受不到任何的恐懼。可能是因為被鄰居講的那段怪力亂神的事情所影響，還想著要是如此被美月嬸嬸打死的話，或許還可以喚回進章叔叔的生命吧！

「那個……韻如啊！主任待會要開會了，這裡的部份我會請班導師下課後來了解一下。如果有什麼需要幫忙的，可以先跟班導師說一下，幫的上忙的，主任這邊一定會大力相助的。」學務主任不斷看著手錶，滿面歉意的說。

我實在講不出話來，只能點點頭。

學務主任走出去後沒多久，那位進章叔叔的同事從急診室等候區走了出來。

「咦？學務主任去哪了？回去了嗎？」進章叔叔的同事問著。

「學務主任要開會，所以先回去了，晚點會請我的班導師過來……」我起身為剛才的事情向他鞠躬道謝。

「沒關係、沒關係的！妳坐著，嚴叔叔有些事情要跟妳說一下。」這位自稱嚴叔叔的男人走了過來。

「進章叔叔沒怎麼樣吧？」我緊張的問著。

「妳先坐著，嚴叔叔會跟妳說明的。」嚴叔叔拍拍我的肩說。

「好……」我立刻坐在椅子上，等待著結果。

「私底下我和進章是認識多年的好朋友，在職場上他算是我的老闆。今天發生這種事情，我第一時間想到的人就是韻如妳了……」嚴叔叔坐在我的一旁說。

「為什麼？」自己心裡卻迫不及待的想知道進章叔叔的病情。

「因為進章他總會在用餐的時候或是喝酒應酬的時候，把妳的遭遇和目前碰到的難題跟我們訴說著。他總是特別的牽掛妳，所以我想……進章心裡最放不下的，應該只剩韻如妳了吧……」嚴叔叔雙手不斷的搓揉自己手指，像是非常不願意對小孩子談這種殘酷的事情。

聽到嚴叔叔言語中透露出不捨的情緒，自己開始忍著那股想哭的鼻酸。

「人生總是會遇到這種事情，只是時間早晚的問題罷了，不過是韻如妳先遇到的如此而已。如果以後掛在心上的話，反而對自己會是種壓力。」嚴叔叔看到我不斷的捏著鼻頭忍著哭泣的樣子，只能找些話安慰著我。

「為什麼……為什麼會這樣……」我搖著頭，似乎不能理解事情這麼的突然，自己卻沒辦法幫上任何忙，而無力感充斥著全身。

「對不起，我不該讓喝得醉醺醺的進章開車回家才對，身為朋友竟然沒有盡到監督的責任。唉！現在說再多也於事無補……」嚴叔叔摀著臉，發出滿是遺憾的嘆息聲。

「進章叔叔會好起來的！」我打從心底多麼的希望出現奇蹟。

嚴叔叔望了我一眼欲言又止的模樣。

時間一分一秒的過去，靜默許久的嚴叔叔終於開口了……

「剛剛進章被轉到安寧病房裡去了，待會我會跟美月太太說一下，無論如何都要讓妳見進章。」嚴叔叔摸摸我的頭說。

時間過了很久，自己卻只能站在安寧病房的門口，聽著美月嬸嬸大聲咆哮著，不准讓我進去見見進章叔叔，不管那位嚴叔叔如何的好言相勸，美月嬸嬸始終不為所動。

直到進章叔叔意識稍微清醒的時候，義弘哥哥才攙扶著美月嬸嬸走了出來。

「妳這傢伙……」美月嬸嬸死命的瞪著我。

「不要、不要！美月太太千萬不要遷怒於小孩子。進章剛剛也表示要見見韻如，所以妳先在外頭歇息一下……」嚴叔叔用肉身擋在我的前方，深怕美月嬸嬸一個衝動打了過來。

「義弘，去幫你媽媽倒杯水。」嚴叔叔向一旁的義弘哥哥說著。

嚴叔叔就趁著這時候，用大手將我拉了一把到病房裡。

一進門，濃厚的藥水味充滿著小房間裡，我遠遠的看著進章叔叔躺在床上，滿身都是見紅的繃帶，可怕極了。

此時進章叔叔注射點滴的左手腕抽動了幾下，像是在呼叫著自己過去他的身旁。我拖著沉重的腳步走到進章叔叔面前，看著他戴著呼吸器卻努力想說話的樣子，我的眼淚開始在眼眶打轉。

緩緩的蹲下來緊握進章叔叔的手，我將自己的額頭緊緊的靠在進章叔叔那強壯的手臂上，不發一語。

因為我想起進章叔叔，帶我去出去玩的時候，總是看他把袖子捲得高高的，露出長年積累的肌肉線條，像是一個可靠的正義使者一樣。

每當我考試成績很好的時候，進章叔叔總是會抱起我來轉圈圈；當我心情難過低落的時候，進章叔叔就會扮起鬼臉鬧我，使我開心起來。

每次被美月嬸嬸處罰的時候，他絕對會站在我這一邊替我講話，不讓我受半點委屈。

有次和進章叔叔一起看星空的時候，我們曾經對著流星許下願望，我不曾忘記當時的約定……

「進章叔叔……你以前答應我，等我長大嫁人的時候，要看我穿上新娘禮服的約定，你不能食言啊……」我悶著頭哽咽的說。

「唔……唔……」進章叔叔用力的擠出一些我聽不懂的話。

他用顫抖的手指，吃力的在我手上寫了二個字「家人」，我眼眶濕紅的望著進章叔叔，他卻寫上了他心中最懊悔的三個字「對不起」。

進章叔叔也許想告訴自己，沒有帶給我一個好家庭，所以希望由他替美月嬸嬸和義弘哥哥向我道歉，無論如何都不要對他們失去信任而離開他們身邊。

而進章叔叔就在那天的深夜裡，因為器官衰竭，悄悄的離開了人世。

也許就像賣火柴的小女孩故事裡所描述的，小女孩夢到她最想見到的外婆，和她一起前往天國去了，進章叔叔想必也見到他最思念的人，想到這裡，我就不會那麼的難過了。

進章叔叔過世之後，鄰居的謠言更是傳得恐怖，所到之處總是會被當做瘟疫存在似的，遠遠看到我走過來都是退避三舍，深怕被我剋到。

而美月嬸嬸也因為我少了進章叔叔這面盾牌的防護，幾乎是變本加厲的對待我。能用打的，絕不會擔心我身上會不會留疤；該罵的，也不會說說一兩句就善罷甘休，通常都是用盡侮辱的言詞加諸在我身上。

我卻只能對上天苦笑著說：「難道，這又是新的考驗了嗎？」

12

變調

進章叔叔去世沒多久，家裡的經濟重擔，都落在美月嬸嬸身上了。因為叔叔酒駕撞壞別人的房子，還因此賠了不少錢，加上處理喪事之類的，所剩下的存款根本不夠維持家計。

所以美月嬸嬸一口氣兼了兩份差，一份是餐廳的洗碗工人，一份是大公司裡的清潔工人，搞得原本一雙細膩的貴婦手，成了粗糙的勞碌手。一切只是為了義弘哥哥的生活可以過得好一些，而我……理所當然的成了幽靈似的存在，像一顆可有可無的小石頭罷了。

有一次清晨，天還沒亮的時候，聽到客廳傳來鐵器碰撞的聲音驚醒了我，以為自己睡過頭沒起來準備早餐，匆忙的穿了外套就走了出去。

「義弘哥哥……你要去那裡？」我揉著睡意惺忪的眼睛問著正在玄關穿鞋的義弘哥哥。

「不關妳的事！」義弘哥哥兇狠的回了我一句之後，就走出家門。

那次我真的很好奇就跟了過去，才知道義弘哥哥為了減輕美月嬸嬸的經濟重擔，偷偷的兼了送報生的工作，正在挨家挨戶的送報紙。

也許進章叔叔的意外，改變了周遭親人的生活習慣，但是唯一沒變的，就是對我的態度，還是一樣的冷漠。

少了進章叔叔這棵大樹的庇護，我才知道以前過得是多麼的奢侈。學校換了個學期，準備要繳學雜費的時候，我只能硬著頭皮向美月嬸嬸開口。

「美月嬸嬸……」我站在美月嬸嬸的一旁許久，終於鼓起勇氣開口。

「……」美月嬸嬸還是依然故我的炒著菜，不想理會我。

「美月嬸嬸……這學期要繳學費了……」美月嬸嬸端著菜走了出去，我小碎步的跟著。

美月嬸嬸還是裝作沒聽到。

「美月嬸嬸，拜託妳，這禮拜再不繳學費，老師就要處罰我了……」我雙手冒著冷汗不斷搓揉著。

美月嬸嬸冷笑著看我一眼說：「喔！那不是很好嗎？」

被這樣潑了冷水，自己卻只能低著頭，繼續懇求美月嬸嬸幫我繳學費。

看著美月嬸嬸又走回廚房端了一盤菜走出來，我只能如影隨形般的跟著，除了苦苦哀求，已經想不到任何方法了。

突然間，我鼓起勇氣緊緊的抓著她的手腕，像是下定決心沒得到目地不肯放手。

「拿開妳的手！」美月嬸嬸瞪著我。

「我叫妳放手！」美月嬸嬸一個巴掌呼過來。

「拜託妳……我還想讀書，那些錢我以後一定會還妳的……」我說怎麼也不肯放手。

「妳聽不懂就是了？」美月嬸嬸拿了一旁的鍋鏟往我身上招呼了過來。

「妳剋死了進章，現在反過來想剋死我了，是不是？」美月嬸嬸打得我蜷縮在地上還不肯罷手。

「美月啊！不要打了，這樣會打出人命的……」街坊鄰居們聽到聲音跑過來制止。

境。

「這可惡的髒東西害死了進章，竟然還有臉跟我要東要西，這麼的不要臉！」美月嬸嬸被兩、三位鄰居太太們拉到門外頭，留下滿身是傷的我。

後來學費的事情，我還是找了那位嚴叔叔幫忙，才總算解決了沒錢繳學費的窘

之後疑神疑鬼的美月嬸嬸，因為進章叔叔的意外，讓那位怪力亂神的壞鄰居更加有發揮的空間。

有一次下課回家的路上，就撞見那位壞鄰居在向美月嬸嬸兜售東西……

「妳看看這個護身符，防小人特別有用，還有這個符咒……很靈的！經過大師的加持，專門對付家裡的『魔神仔』……」幾個人順著她的眼神掃到我的身上。

看著美月嬸嬸和這幾位婆婆媽媽聚在一起，心想絕沒好事，但是礙於禮貌，還是得向她們問個好。

「美月嬸嬸……我回來了。」

佇立一會，看著美月嬸嬸一如往常不想多加理會自己，也只能默默的往家裡的路上走去，想想畢竟自己還有勞動的價值，不然真的連家都歸不得。

「妳就是不聽我的話，才會讓妳的丈夫英年早逝，就算現在不管自己的死活，好歹也為妳那個寶貝兒子著想吧？」壞鄰居故意加大音量，好像怕我沒聽見似的。

就是因為人在最脆弱的時候，才會想去依靠一些旁門左道的東西。美月嬸嬸著了魔似的，拚命向她

買了許多江湖道術用的法具，而那些東西卻不像是在驅邪的，而是在對付我的，看她拿著像是詛咒稻草人般的人偶，口中唸唸有詞的樣子，令人毛骨悚然。

「美月嬸嬸……我枕頭下的這些東西……是妳的嗎？」我手裡拿著幾張符咒。

美月嬸嬸則是不屑的眼神，好像在說：「是我做的又如何？」

「那這些東西放在這裡了……」看著美月嬸嬸正在神桌前祭拜進章叔叔，我隨手將那幾張符咒放在桌上，對著叔叔的遺照膜拜了一下。

「妳做什麼！」美月嬸嬸拿起桌上的符咒用力的甩在我的臉上。

「我……我只是想把這些東西還給妳而已。」面對美月嬸嬸突如其來的舉動，我只能倉促的解釋著。

「還給我？妳要拿什麼還給我？是錢嗎？」美月嬸嬸一步一步以咄咄逼人的氣勢走上前。

我愣了一會，連忙搖搖頭。

「不是錢，那會是什麼？命嗎？」美月嬸嬸到了我的跟前，加重語氣的問著。

「沒有……對不起、對不起……」嚇得語無倫次的自己不知道喊了多少次道歉的字眼。

「把進章還給我！快點把進章還給我！」美月嬸嬸掐著我的脖子大喊著。

「對不、嘔……咳、咳……」呼吸不到空氣的窒息感襲擊而來。

「妳到底是誰？為什麼要來破壞我們家庭？妳已經奪走我的愛人，現在又想讓我失去兒子了嗎？妳是閻羅王派來對不對？不對，妳一定是從地獄來的！」美月嬸嬸歇斯底里瘋狂的喊叫著。

「媽！妳在做什麼！」剛剛下課回到家的義弘哥哥看到這一幕，驚訝的衝來制止。

「妳快給我離開！不要再帶給我們不幸了！」美月嬸嬸完全聽不進去，緊緊掐著我不放。

「媽！妳快放手！妳這樣做韻如就要死掉了！」義弘哥哥死命的拉開美月嬸嬸雙手。

若不是升上高中的義弘哥哥發育很魁梧，不然我還掙開不了發瘋似的美月嬸嬸。

「咳咳咳、咳咳……呼呼、呼……」我雙手撐著地板，不斷大口大口的呼吸著，難受的感覺久久消散不去。

「義弘，你放手……媽媽不能再失去你了，所以只能這麼做了……」義弘哥哥架住不斷掙扎的美月嬸嬸。

「媽，妳清醒一點！妳這樣做，爸爸也是回不來的！妳不要再聽鄰居的胡說八道了！」義弘哥哥流著淚大喊著。

「為什麼連你也這麼說……為什麼……」美月嬸嬸也流下了眼淚。

「自從爸爸過世以後，大家都很難過，不管是誰，每個人都在為這個破碎的家庭努力著……媽，我打過工之後，才知道看人臉色有多麼的難受，每天提早起床的痛苦，我現在才體會到……」義弘哥哥低著頭感性的說著心中的話。

「媽……妳知道嗎？背著家人打工的時候，竟然看到韻如比我早起來準備早餐，就是要讓我工作的時候不會餓肚子，雖然自己還是沒有給她好臉色看過，但是……我真的不想再失去家人了……」

聽著義弘哥哥真心流露的告白，回想起自己很小的時候，義弘哥哥總是對我保證的說：「不管出了什麼事，我都會幫妳跟我媽媽求情的。」雖然當時沒有一次實現過，但是這一次卻是貨真價實的兌現他的諾言。

「媽，我已經接受韻如了，所以妳也把她當做家裡的一份子，好嗎？」

美月嬸嬸沒有回答，只有緊緊抱著義弘哥哥大聲的哭泣。

自己也不知道怎麼搞的，眼淚也不停的落下。我們三個人就在進章叔叔的遺照前，嚎啕大哭了起來。

那次義弘哥哥真情告白之後，美月嬸嬸竟然就沒有再處罰我了，也不會惡意的刁難。正當以為可以享受到遲來溫暖的時候，沒想到背後卻隱藏了一個可怕的計劃，正等待著自己掉落在陷阱裡面。

13 寒冬中的呢喃

除夕的前幾天，家裡正在大掃除，義弘哥哥也趁著寒假找份時薪優渥的工廠兼差賺點學費。

「媽、韻如，我出去工作了喔！」

「義弘哥哥，路上小心一點。」我揮揮手。

「今天媽媽會準備你愛吃的麻油雞幫你補一補。」美月嬸嬸面帶微笑的說著。

記得去年這個時候，跟著進章叔叔一起打掃家裡的景象已不復見，只剩下話不多的美月嬸嬸安靜的擦拭著家裡每個角落，雖然這期間我有嘗試過找個話題跟她聊聊，但是回應的話總是那幾個「喔」、「是嗎」、「嗯」之類的，總覺得美月嬸嬸似乎在想些怎麼，根本沒注意彼此間的談話內容。

為此，我心中還是有些失落感。

「韻如啊……」美月嬸嬸打掃到一半，突然叫了我的名字。

「嗯！是！」

「等一下幫我把進章房間那幾箱盒裝的東西搬到倉庫去放。」美月嬸嬸手指著進章叔叔的房間。

「好，客廳這裡整理好之後，我就過去了。」心想著我們彼此之間的冷漠感就快要冰釋，說什麼都想好好表現一下。

整理告一段落，我拿起進章叔叔房間裡的箱子，還滿重的，不曉得裡面裝著什麼，吃力的抱著走到家裡一旁的倉庫。

看著倉庫的鐵門，明顯的留下歲月的痕跡，滿是鏽蝕的黃垢。放下手中的箱子，我抬起頭來，隱隱約約還看到幾年前和進章叔叔來到這裡打掃的場景，嘻鬧的畫面還歷歷在目，如今只能靠著腦中的回憶，緬懷過去。

「吱——」笨重的鐵門發出極為尖銳的聲響。用盡力氣轉開了生鏽的門栓，撲鼻而來的卻是濕氣很重的霉味，加上寒冬的天氣，我不由得打了個冷顫。

「哈、哈啾！」冷空氣灌進鼻腔的關係，我忍不住打了個噴嚏。

我趕緊拿起腳下的箱子，往裡面走去，循著門外照進來微弱的光線，找到手中的箱子可以容身的地方。正當我輕輕放下箱子的時候，周圍的光線漸漸暗了下來，門外傳來生鏽鐵門關上的聲音。

起初我以為只是外頭寒風使鐵門闔上的，沒想到卻傳來生鏽的手把轉動的「吱吱」聲。

「美月嬸嬸嗎？我還在裡面！我人還在裡面！」顧不得手上的箱子，我拔腿跑向鐵門前大喊著。

門外的人沒有回應，持續使勁的鎖上門栓。

「咚、咚、咚！」我不斷的敲打鐵門，希望外頭的那個人可以停止動作。

「有人在裡面！拜託你開門！」我一邊敲打，口中也不停歇的喊著。

直到口乾舌燥，門外卻一點動靜也沒有，我緩緩的跪在地板上面，心裡開始胡思亂想起來，蕭瑟的冷風從倉庫縫隙一陣一陣的灌了進來，「呼呼」的聲音非常恐怖。

「誰來救救我……」我心中不斷的吶喊著。

隨著周遭的溫度漸漸降了下來，環抱著身體的雙手已經凍到不聽使喚，身體不斷打著哆嗦。

望著四周都有小小的破洞滲進來的極其微弱的光源，我想起之前拿進來的箱子，振作了精神，起身摸索的走到放箱子的地方。

「唉……多麼希望裡頭有幾件進章叔叔遺留下來的衣物……」心裡抱了那麼一點些許的期望。

跌跌撞撞的終於走到了，雖然四周不是伸手不見五指的黑，但能見度也是有限，只能憑著手指的感覺，來猜測箱子中的物品有那些。

摸索了一會，只能失望的對自己說：「唉！都沒衣服之類的可以保暖……」

我拿起了一個像是瓶子裝的東西，湊近鼻子聞聞是什麼，卻聽到了東西掉落在一旁的聲音，像是一個小紙盒的落地聲。

我張開手胡亂四處劃圓的找那件東西。

「啪！」手指碰到那件東西的觸感傳達了過來，我伸手撿起來靠到耳朵前搖著裡面的東西。

「沙沙沙——」這種物品的碰撞聲，自己已有七、八成的把握知道那是什麼東西了。

「好幸運喔……果然是火柴盒！」推開紙盒，拿起了其中一支火柴棒點燃了起來。

嘶——哄——，燃燒的火柴瞬間使周遭都明亮了起來。

熟悉的紅磷煙硝味，隨著燃燒的火柴燭光散發微微的熱氣，我頓時感到莫名的溫暖，趁著火柴還沒熄滅的時候，四處探勘有沒有出口可以離開這裡。

看過了各個角落，除了堆滿各種雜物之外，完全沒有任何窗口可以離開這裡，我只好拎著幾件被遺棄在這裡的破衣服，找個比較溫暖的角落等待救援。

「哈啾！」

「哈、哈、哈啾！」一連打了好幾個噴嚏，才發現鼻水源源不絕的流了出來。

圍在身上的幾件破衣服越摟越緊，似乎感覺到氣溫更低了一些，沒多久困倦感覺慢慢上身，可能是今天打掃了一天的疲勞，不自覺的小睡了一會。

那時候我做了一個夢，夢見了自己溺水了，不斷的往更深的地方沉下去，視線越來越暗，溫度也越來越冷，那股濕冷的感覺讓我從夢中驚醒了過來，我摸摸發燙的額頭，疼痛的喉嚨，才意識自己已經感冒了，而且肚子餓的程度，讓我知道起碼外頭已經是晚上的吃飯時間。

望著下半身凍僵的雙腳，我開始想起那本故事書的內容。

「小女孩在賣火柴的途中，為了閃避馬車而遺失她的鞋子……」

「原來雙腳凍僵了是這種感覺……」我揉著快沒知覺的雙腳。

外頭飄來微微的麻油味，這時候我想起美月嬸嬸早上說過要煮麻油雞來吃，看來義弘哥哥回到家了，想必正在大快朵頤吧！

「嘶——」手中的火柴就這樣不知不覺的點燃了起來。

溫暖的微光瞬間把周圍的冷空氣驅趕出去，我雙眼朦朧的看著手中的火柴光源，漸漸的看到火光中出現了熟悉卻不曾有過的影像。

進章叔叔、美月嬸嬸、義弘哥哥還有一個女孩子，一起在飯桌上吃著飯，大家邊吃邊笑和樂融融的。

「多吃一點，妳看妳這麼瘦，不多吃點怎麼行呢？」坐在一旁的美月嬸嬸還一直夾著許多的菜放入女孩的碗裡。

「妳也真是，吃飯吃成這樣，小心以後嫁不出去喔！」進章叔叔拿著手帕伸手過來擦擦女孩的嘴，原來女孩吃得滿嘴油膩卻渾然不知。

「哈哈哈！爸，你看看她……」義弘哥哥看到女孩吃相不佳，笑得很開心，好像他們之間沒有存在著許多心結一樣。

慢慢的，畫面昏暗了下來……

感覺口中好像是吃過美月嬸嬸那絕頂好吃的麻油雞，唾液都是麻油清香的味道，現在的我已經吃不下任何東西了，那種的飽足感。

「謝謝……」我流下了感動的眼淚，雖然知道那一直是自己的夢想，擱在心中沒能實現。

燃燒完的火柴發出了一陣陣不好聞的味道。

此時，我的雙手又自動自發的點燃了下一支火柴……

這次的畫面卻是在學校裡，講台底下的同學正專心聽著臺上女孩子儀態大方的演講。

「從前、從前有個可憐的小男孩……」女孩用穩健的臺風演說著一個故事，內容有歡笑、有哀傷，更有許多讓人省思的道理，最後還是一個美好的結局，同學給予很熱烈的掌聲。

「妳的演講好精彩，連我都被妳的故事深深的感動著。」班導師很滿意的走上前稱讚那位女孩，或許這才是她心中比得第一名還重要的事情吧！

「嘶——」又有一根火柴被點燃了。

在山間小路上，四周的景色飛快的掠過，原來正坐在腳踏車上，畫面轉到一位中年男子的身上。

「等一下就可以見到媽媽了喔！期不期待？」男人很高興的說。

坐在腳踏車後座上的女孩乖巧的點點頭。

「好乖唷！妳知道嗎？爸爸和媽媽又在一起了喔！以後每天都會陪著妳，不會再丟下妳一個人了……」

女孩很滿意這個答案，索性抬起頭來，享受迎面而來的涼風。

「媽媽就在前面，有沒有看到？」男人再度講話了。

女孩搖搖頭，似乎沒有看到那位媽媽的面貌。

「孩子的媽，我把我們的女兒帶來了……」男人停下腳踏車，抱著女孩走上前去。

「是嗎？真的是我們的女兒嗎？那我倒要看看她乖不乖……」那女人緩緩的回頭。

竟然是美月嬸嬸的面貌，而且背後正拿著藤條不斷的逼近女孩子，看得出來女孩驚恐的表情，用力的掙脫男人的臂膀後，頭也不回的往回跑，一直跑、一直跑，直到重心不穩跌了一跤。

「妳為什麼要跑？妳不是我女兒嗎？」那位像極了美月嬸嬸的女人慢慢走向女孩身邊。

女孩一直驚恐的搖搖頭。

「唉呀！妳真不乖！竟然否認媽媽的存在！」女人舉起手中的藤條，重重的打在女孩身上。

女孩不斷的哭喊著，卻沒有換來同情，只能一直忍著疼痛……

「不要！」我嘶吼著。

轉頭四處望了一下，只有微弱的月光從倉庫的小縫照了進來，那時候並不知道「失溫」這種名詞，只知道全身上下真的很難受。

「我又做這個惡夢了……」我喃喃自語的說著。

手中緊握的火柴盒早已經變了形，只能從受擠壓的火柴盒裡倒出剩下的兩根火柴棒。

「好想回家……」昏昏欲睡的我，不自覺的又點燃了一根火柴。

這次卻出現醫院的畫面，整棟樓層裡，彷彿還聞得到藥水的味道，我站在人來人往的走道上，一種似曾相識的感覺進到我的大腦裡，這時候突然想起什麼似的，狂奔在走廊上，不時東張西望的找尋著某個病房號碼。

「一三一……一三二……一三三……」數著每間的病房號碼，自己非常清楚已經快到了。

「一三九……」站在一三九號病房外，我吞著口水，猶豫了一下便推開門走了進去。窗外的微風吹得病房的窗簾四處飛揚，明亮的光線照在病床上的男人身上，看著報紙的男人沒有察覺我進來的樣子，我只好禮貌性的敲敲房門。

「進章叔叔……好多了嗎？」我微笑的問著。

原本將頭埋在報紙裡的男人探出頭正眼看著我說：「韻如，妳來了喔！午飯吃了沒？」

「吃過了，所以才來這裡。」我走上前拿了張椅子坐了下來。

「好多了嗎？」我頭歪向一邊的問著。

「好多了，謝謝。」進章叔叔將報紙摺好，放到一旁的桌子上。

「醫生叔叔有說什麼時候可以出院嗎？我好久沒有跟進章叔叔出去玩了！」我雙手按摩著進章叔叔的小腿。

「可能……」進章叔叔欲言又止的樣子，將頭轉向一旁說：「可能一輩子都要待在這裡了……」

「為什麼？」我驚訝的追問著。

「換個角度想，可能這就是自己的人生吧！」進章叔叔坐起身來，輕輕的將我的手移開。

「韻如，妳不一樣，妳還有許多事情沒有遇過，很多人沒有相處過，妳的人生跟我不一樣，妳現在還沒有走到盡頭……」

「進章叔叔，你說的好深奧喔……反正韻如不會離開你身邊的，進章叔叔對我最好了，是不是？」我假裝聽不懂似的，拚命撒嬌著。

進章叔叔吐了長長的嘆息說：「韻如啊……我想……妳是該回去了，這裡不是妳該來的地方。」

「進章叔叔這麼疼我，所以儘管待在這裡不好受，我還是要每天來照顧叔叔的！」

進章叔叔的臉突然變得嚴肅起來，任憑我怎麼樣無理取鬧，都無動於衷。

「妳回家去。」進章叔叔簡單扼要的說。

「我要留在這裡！」我賭氣的說。

「妳是要我對妳發脾氣嗎？」進章叔叔斜眼瞪著自己。

我啞口無言的站了起來，凝望著眼前不再溫柔的叔叔，久久不肯離去。

「妳到底要我說幾遍！給我離開這裡！」進章叔叔用力的拍打一旁的桌子。

我退了幾步，早已哭成淚人兒的模樣，勉強擠出一抹的微笑。

「我就知道……進章叔叔是這世界上最疼我的人……」說完這句話後，我推開房門奔跑在永無止盡的走廊上。

進章叔叔不想帶我一起走，意味著，自己必須堅強的活下去。

「呼……呼……呼……」身體凍僵了，只有吐出的氣息帶有熱度。

「我……我要、我要活下去……」求生的信念如劃破黑暗的最後一道曙光，出現在自己的眼前。

我將火柴湊近身體，好讓冰冷身軀回暖一下。

這時候外頭的強風從小縫隙灌了進來，火柴燃燒得斷斷續續，似乎快要熄滅了。

「拜託……再讓我溫暖一點……」望著火柴的火焰，我的意識開始隨著越來越虛弱的火苗，慢慢的沉睡下去了。

「韻如……韻如。」有人一直搖著我的肩膀。

我睜開雙眼，看到了周伯伯和許阿姨圍在一旁。

「怎麼又在這裡睡著了呢？」許阿姨擔心的問著。望了四周的景象，像是附近公園的涼亭裡。

「我看啊！八成又是追著我們出來，找不到回去的路，才會在這歇息一會。」周伯伯好氣又好笑的說。

「穿這樣出門容易著涼的，來！把這個穿上。」許阿姨將她身上的外套套在我的身上。

「走吧！我們回家了，該吃晚飯囉！」周伯伯催促著我。

「回家？周伯伯我們要回到那裡？」我疑惑的問著。

「當然是我們的家呀！難道你不喜歡那裡嗎？」周伯伯蹲下來問著我。

「不……我喜歡那裡。」腦中畫面開始想像著第一次到達周伯伯家門口的那副景象。

「那我們就早點回去，上來吧！」周伯伯作勢要背我。

我緊緊搭著周伯伯的肩膀。

「嘿咻！呼！看來韻如又胖了一些，感到有點吃力了，哈哈！」周伯伯對著一旁的許阿姨說著。

「韻如，妳好好休息就好了，到家的時候，我們再叫妳起來。」許阿姨拍拍我的背說。

「不行，我不能睡！如果我睡著了，這一切美好的景象都會消失！」環抱周伯伯的手，越抓越緊。

「怎麼會呢？若這是韻如妳最希望得到的幸福的話，它是不會憑空消失，也不會突然的出現，韻如妳懂嗎？」許阿姨放慢腳步與周伯伯並肩而行。

「那我要怎麼做，才可以留下幸福？」我心中有很大的疑問。

周伯伯停下腳步，彎了彎腰，把背上的我調整到適當的位置。

「這個的話，就要看韻如妳怎麼做了唷……」許阿姨撥撥我的頭髮。

我搖搖頭，表示不知道做些什麼才好。

「韻如啊！這道理很簡單……妳看看前方這條道路，既不寬又不直，滿路上都是碎石頭，有些人寧願繞道而行；有些人索性不走這條路，但是妳卻可以選擇吃些苦後走完全程，比別人早些時間到達終點……」周伯伯手指前方說。

「所以……妳要堅持下去，相信自己能夠辦得到，有這種恆心的話，該是妳的就絕對是妳的，閃不掉，也躲不了。」周伯伯又背著我往前方走去。

「嗯……我相信周伯伯和許阿姨。」

「韻如，妳就安心的睡吧！休息是為了走更長的路。」許阿姨給了我一個微笑。

「周伯伯、許阿姨，你們要答應我，到家的時候請務必叫醒我，好嗎？」我伸出手指要和許阿姨打勾勾。

「一定。」許阿姨也伸手過來。

最後一根火柴棒燃燒殆盡後，我靜靜的躺在冰冷的地板上，臉上掛著一抹幸福洋溢的微笑，倚靠在倉庫的角落邊，安詳的睡著了……

14

回家

「韻如……」

「韻如……」

有人叫著我的名字，是一種回音的聲調。

慢慢的睜開眼睛，只覺得光線好刺眼，旁邊還傳來一陣陣吵雜的聲響。

「老伴啊！韻如醒來了！」

一陣手忙腳亂的聲音，靠了過來。

「韻如，妳現在感覺怎麼樣了，還有哪裡不舒服嗎？」

雙眼糢糊的影象開始變得清晰了，兩個熟悉和善的面孔，焦急的詢問我有無不適，深怕太晚發現留下後遺症似的。

「有沒有哪裡會痛？」許阿姨抓著我的手心問著。

我搖頭。

「動動手指和腳吧！」周伯伯關心的說。

我抬起雙手，適度的伸展了一下，提起大腿，踢了幾次。

「太好了，這麼可憐的孩子，要是再因為這次的不幸而造成終身的遺憾，我們倆都不知道怎麼面對韻如妳了。」許阿姨鬆了一口氣的模樣。

「肚子餓不餓？許阿姨有準備雞湯來給妳補補身體。」周伯伯手提著一旁的小鐵鍋。

「對啊！妳的身子還很虛弱，一定要趕快吃些東西，才有體力好好養病。」許阿姨說完，也拿了預先準備的小碗。

看著周伯伯和許阿姨兩個人把一個小碗塞滿了雞肉，還為了舀雞胸肉還是雞腿肉而鬥嘴。

直到周伯伯妥協後，許阿姨迫不及待的舀了一湯匙的雞湯，吹涼了一會，待她要餵我喝湯的時候，我的情緒早已經潰堤了……

「嗚……嗚……」

我已經沒辦法控制自己的情緒了，不管如何調整心情，淚腺卻像是壞掉的水龍頭一樣，止不住。

「怎麼哭了？韻如，怎麼了？身體不舒服嗎？」周伯伯看見我哭得這麼傷心，害他不知所措。

「沒有……嗚……我身體很好……嗯……謝謝周伯伯、許阿姨……」

「我們知道妳吃了很多苦，所以我和周伯伯決定不管怎麼樣都要爭取到妳的扶養權，讓我倆用剩下半輩子的歲月，來照顧妳吧！」許阿姨緊緊的抱著我。

我一直很相信養父母的每一句話，不管是作夢也好，現實生活也罷，他們都遵守與我的約定，這是我最自豪的事情，也是一輩子最難忘的往事。

我的心情平靜許多以後，周伯伯才因為我不斷的追問下，支支吾吾的說出事情的經過。

除夕夜的前一天晚上，周伯伯和許阿姨要來探望我們，順便拜個年，沒想到竟然會發生這種事情……

「叩叩叩——」

周伯伯那天敲著門許久，美月嬸嬸才出來應門。

「陳太太您好！我和內人來跟你們拜個早年。」周伯伯鞠躬哈腰的說。

打開小門縫的美月嬸嬸似乎很驚訝周伯伯和許阿姨怎麼會突然來訪，反而想給他們吃個閉門羹一樣，直說：「今天我們家沒準備什麼東西，請兩位改天再來訪吧！」

當然周伯伯非常清楚自己的來意，除了拜年之外，也希望美月嬸嬸能因為經濟因素的考量，向政府機關提出放棄收養孩子的事情為主軸。

「陳太太沒關係的，不用準備也沒關係，我和內人只是有些事情想跟妳談一談，現在方便嗎？」周伯伯單刀直入的說。

「只是現在很不巧，我們家大掃除還沒有整理完畢，所以有些髒亂，那……周老師和許老師能否改天再來訪？」美月嬸嬸還是透過門縫來傳達訊息，令在場的周伯伯和許阿姨感到匪夷所思。

「那……陳太太，不好意思，是這樣的，其實我和我的丈夫是來看看韻如那孩子的，麻煩給我們一點時間好嗎？」

許阿姨看到美月嬸嬸似乎不想讓他們進來拜訪的跡象，索性直接將兩人的訴求明白的解譯清楚，免得落人話柄。

「韻如……韻如那孩子現在很不方便，我怕你們是見不到面的……」美月嬸嬸結巴了一下。

「不好意思，陳太太我實在不懂妳的意思，韻如那孩子不會忙到連見我們都不肯吧？」許阿姨有些不能接受美月嬸嬸說出來的理由。

「當然不是呀！只是那孩子正在忙著讀書，不希望外人打擾她……你們也知道自從我丈夫去世之後，對全家大小都影響很大，尤其是韻如那孩子……」美月嬸嬸口中說的這些事，根本沒帶半點感情，而是冷冷的像是寫流水帳日記般，交待無關緊要的事情。

「韻如變成這樣的話，我們更該要關心她才是啊！」周伯伯擔心的神情。

因為外頭天冷的關係，久站的周伯伯一時重心不穩，緊緊壓著大門，美月嬸嬸非但沒有關心的念頭，反而以為周伯伯要破門而入，趕緊用力的闔上大門。

「陳太太，妳做什麼？我們有話好好講，請妳不要這樣！」許阿姨不斷敲打著大門。

「我們沒什麼好說的，你們請回吧！」美月嬸嬸往外頭大聲嚷嚷。

「陳太太……」

任憑周伯伯和許阿姨如何叫喊，美月嬸嬸已經沒有理會的意思。

往回家的路上，寒風凜凜卻沒有澆熄他們想見到我的那份鬥志，周伯伯越想越不甘心，越想越不對勁的向許阿姨吐苦水。

「妳說這人怎麼這麼不講理……真是……」周伯伯氣到來回踱步。

「老伴，你要先冷靜一點，難道你不覺得陳太太剛剛的反應太過了點，好像是怕我們闖了進去……」許阿姨手托著下巴正在思考著。

「何止是反應過了點，根本就是作賊心虛的那種感覺……老婆，我這不是因為剛剛吃了閉門羹才說三道四的，妳知道我的個性。」

「我知道，也曉得你在擔心什麼，要不然我們現在去找里長幫個忙，你覺得如何？」

許阿姨冷靜的將正確的處理程序分析給周伯伯聽。

「也只能這麼做了……」周伯伯表示同意。

周伯伯將剛才的事情和自己來的目的一五一十說里長伯聽，起先里長伯還勉為其難的說這是家庭私人事情，不能插手管理，但是拗不過周伯伯、許阿姨兩人的道德勸說，才前往陳家了解一下狀況。

「美月太太，請妳開個門一下，我里長伯啦！」里長伯老練的大嗓門喊著。

「老里長啊！待會陳太太出來，你可要幫我們主持一下公道，不然造成彼此間的誤會，可就麻煩了。」周伯伯在一旁提醒著。

「唉呀！周先生你講的我都知道，但是這個陳太太可是出了名的悍婆子，常常打那位叫什麼來的孩子……那個叫……」里長伯搔頭想著。

「你是說韻如那孩子嗎！是不是？」許阿姨緊張的問道。

「嘿！對對對！就是那孩子！打得可兇呢！記得幾次來這裡張貼公告的時候，都會瞧見那孩子被陳太太打得滿屋哀嚎，怪可憐的。」里長伯眼睛一亮的說。

「怎麼會這樣？我記得陳太太見面不像是這種人呀！」許阿姨聽到里長伯這番話的時候，開始更加著急了。

「聽老里長這樣說，我更放不下心了……」周伯伯趕緊敲著大門，深怕延誤半分鐘。

「外頭的是誰呀？這樣敲門會吵到街坊鄰居的！」裡頭傳來美月嬸嬸的聲音。

「美月太太！我是里長伯啦！有事情要請妳出來一下。」

「啊！里長伯喔！稍等一下喔！」屋裡傳來一陣急促的聲音。

咔！門一打開，周伯伯就緊緊壓著大門不放，深怕美月嬸嬸見到他們後，又來個閉門羹。

「怎麼又是你們！到底想怎麼樣！」美月嬸嬸惡狠狠的瞪著周伯伯和許阿姨。

「美月太太別生氣、別生氣，是這樣的，周先生來找我的時候已經把來龍去脈告訴我了，所以事情可以雙方坐下來好好談一下。」里長伯出來打個圓場。

「我這邊已經跟他們倆說明過了，他們還是執意來打擾，若是里長伯堅持要站在他們那邊的話，那休怪我叫警察來處理了！」美月嬸嬸的話語中帶有恐嚇的意味。

「美月太太沒這麼嚴重啦！唉呀！周先生也跟我同輩的，他來拜託我，說真的，我這裡也不好拒絕。既然他們只是來看看孩子，你就給他們瞧瞧不就好了，沒必要鬧到叫警察來吧！」里長伯滿臉無奈的說。

「陳太太請聽我們說好嗎？哪怕只給我們十分鐘見見韻如就好，在這打擾妳的生活真的很抱歉，見完韻如那孩子之後，不會多耽擱半分鐘，這樣可以嗎？」許阿姨用懇求的眼神說。

「我已經再三強調了，韻如那孩子現在不方便出來見你們……」

周伯伯不理會美月嬸嬸的自圓其說，一個閃身就往屋裡大步走去。

「你做什麼！我要叫警察來囉！」美月嬸嬸跟在後方不斷拉扯周伯伯。

「周先生，你這樣真的會被告私闖民宅，先不要這麼衝動好嗎？」里長伯阻止著周伯伯和美月嬸嬸兩人的拉扯。

「韻如！韻如啊！」

周伯伯不理會美月嬸嬸的阻撓，不斷的大喊我的名字。

一群人浩浩蕩蕩從玄關拉扯到客廳裡，只見義弘哥哥從房裡好奇的走了出來。

「周伯伯，你們怎麼來了……媽……你們在幹嘛？」不知情的義弘哥哥看到一群大人爭吵又拉扯的畫面，感到不安的問著。

「你這孩子叫義弘……是吧？」許阿姨提高音量說。

「許阿姨，我叫義弘沒錯，請問發生了什麼事嗎？」

一瞬間，吵鬧的聲音都沒了，大家都靜靜的看著義弘哥哥。

「真的很不好意思打擾你們，能不能幫阿姨叫一下韻如出來好嗎？」許阿姨尷尬的微笑著。

「韻如？韻如，她出去了，到現在還沒回來……」義弘哥哥滿臉疑惑的看著眼前這群大人。

「不可能呀！幾十分鐘前，我們來這的時候，陳太太還說韻如那孩子在房裡讀書，怎麼突然就跑出去……」周伯伯心裡更加著急。

「義弘，阿姨再問你一個問題好嗎？你有沒有看到韻如那孩子？」許阿姨雙眼凝視著義弘哥哥，似乎在觀察他有沒有說謊。

義弘哥哥望了頭低低的美月嬸嬸一眼，轉眼正視著許阿姨說：「沒有，從昨天我打工回來的時候，就沒有看到韻如，問過了媽媽，她說韻如是去朋友家寫功課……」義弘哥哥誠實的說出他所聽到的事實。

像是紙包不住火一樣，美月嬸嬸癱坐在地上，低著頭不發一語。

「美月太太，妳到底知不知道那孩子去哪了？聽你們這樣對質，我都快糊塗了。」里長伯皺著眉頭問道。

美月嬸嬸搖搖頭說：「我不知道……」

「陳太太……我知道妳一定知道韻如那孩子的下落，請妳務必告訴我們好嗎？」周伯伯情急之下整個人跪在美月嬸嬸跟前。

「周先生，你別這樣。那有長輩給晚輩跪著的道理，快起來呀！」里長伯拉著周伯伯說。

「陳太太……妳是不是把韻如給……」許阿姨知道大家正往不好的方向想著，不由得脫口而出這種不吉利的話。

聽到許阿姨這樣問，義弘哥哥上前抓著美月嬸嬸的肩膀說：「媽！妳不是答應我，要好好的對待韻如了嗎？為什麼……」

美月嬸嬸聽到義弘哥哥這番話後，全身不斷的抽動著，似乎在忍耐著悲傷的情緒。

「媽……拜託妳，把真相說出來吧……」義弘哥哥雙眼濕紅的說。

「陳太太，如果事情還有可以挽救的機會，請妳不要再錯下去了，想想妳還有一個這麼可愛的孩子在這裡……」許阿姨拍拍義弘哥哥的背。

美月嬸嬸搖著頭說：「對不起……那孩子根本不該來到這裡的，是她奪走了進章，所以我才會……」

「妳怎麼可以這樣遷怒於韻如那孩子呢！」

里長伯在一旁似乎聽不下去了。

「就算見到的是具冰冷的軀體，也要麻煩妳……把韻如那孩子還給我們吧！」周伯伯已經做好最壞的打算。

美月嬸嬸悲傷的抱著義弘哥哥痛哭著，屋子裡充滿了沉重的氣氛。

「陳太太，拜託妳……」

許阿姨哀傷的臉龐，令人鼻酸。

美月嬸嬸緩緩的舉起手，指著一個方向說：「倉庫裡……假如那孩子能活下來的話……」

「咚咚——」整個客廳的走廊上都是腳步的聲響。

年歲已大的周伯伯，卻不顧自己身子，拔腿狂奔到倉庫那裡。

「嘰——」鐵門轉開來了。

一個臉色蒼白的小女孩蜷縮在角落，周圍的地上留有一根根燃燒過的火柴。

周伯伯慢慢的走上前，沒有表情，沒有聲音，他脫掉自己的西裝外套，蓋在那女孩身上，一雙大手緊緊的將她抱起。

周伯伯轉身走向許阿姨，只見泣不成聲的許阿姨上前環抱著周伯伯及依偎在周伯伯身上的女孩。

「這可憐的孩子……」許阿姨輕輕的說。

「等一下……老婆，我好像感覺到這孩子還有些微的心跳！」周伯伯像是感受到什麼似的，眼睛瞪大的看著許阿姨。

「什麼？我聽聽！」

許阿姨將頭貼近女孩的胸口。

不久，兩人同時對著倉庫外的里長伯大喊著……

「而那個生命，就在當時奇跡似的活了下來……」

韻如將窗簾拉了開來，此時夕陽落下山頭的美景和眺望遠方的韻如構成一幅美不勝收的風景畫。

15
緣份

每個故事，都有一個屬於它自己的結局，不管是好是壞，終將要去面對的。欣翰將厚厚一疊的採訪稿整理了一下，才發現還有一個疑問存在著。

「韻如學姊，我可以問妳一個問題嗎？」欣翰邊看著稿紙發問著。

「哈！我可是一直在你的問答題裡做解答，不是嗎？」韻如挑著欣翰的語病說。

「說得也是，哈哈！」

欣翰搔著頭說：「那……我現在這個問題，請妳一定要幫忙解答一下。」

「嗯……那要看看你出了什麼題目囉！」韻如假裝很困擾的樣子。

「我想了解韻如學姊的養父母是如何跟妳結識的，不可能因為學姊的親爸爸過世之後，就平白無故的說要領養學姊了吧！」

「那是因為……」韻如摸摸手指說：「我的養母，也就是許阿姨，患有不孕症的關係，所以一直以來，他們都沒有得子的喜悅。但是說來奇怪，我的養父母並沒有因為如此而分開，或許是相愛比傳宗接代還重要吧！」

「嗯！」欣翰同意的點頭。

「所以他們才決定領養一個屬於他們自己的孩子，藉由社會局的牽線，他們得知我的存在，知道這位女孩的父親剛過世，母親離家多年，非常迫切需要有個健全的家庭來領養。不過礙於當時法令規定由近親代為養育為優先考量，而失去這個機會，直到有天收到了一封信……」

「哪一封信？」欣翰茫然的問著。

「你沒專心做筆記唷！我可是有提到過的。」韻如歪著頭，瞇著眼睛注視著欣翰。

「嗯……我真的想不起來哪裡有提到過，但是好像又有印象……」欣翰抬頭仰望著天花板。

「記得我有跟你提過離家出走那件事吧？」韻如講了一段話，企圖勾起欣翰的記憶。

「離家出走？啊！我想起來了！」欣翰如大夢初醒般的表情。

「我很好奇當時學姊在信裡面寫些什麼，現在妳能公佈謎底了吧！韻如學姊！」

欣翰用企求的眼神望著韻如說。

「其實也沒寫些什麼，只是一些感謝的話。」韻如淡淡的說。

「感謝的話？」欣翰更加茫然的問著。

「謝謝你們無時無刻的寫信關心我；謝謝你們買洋娃娃以及故事書給我；謝謝你們默默的對我付出，但是……進章叔叔對我比親父母還要更加疼愛，所以只能祝福你們，早點找到適合你們的孩子。」

「當時妳這樣寫的嗎？」欣翰動手寫下剛才講的內容。

「沒這麼詳細啦！當時我還是小孩子，只是把自己想表達的事情說出來……所以當時的內容意思就如同剛剛講的相去不遠。」韻如閉上眼睛，彷彿在回味那時候所寫的一字一句。

「很像學姊妳會做的事情。」欣翰豎起大姆指說。

「其實我在信後面還加了一句話……」韻如撥著她的長髮。

「嗯？」

「這輩子做不了你們的孩子，是我的遺憾，希望下輩子，能當你們的孩子。」韻如唸出了當時她所寫的一段話。

欣翰聽完，低著頭沉思一會說：「假如我有韻如學姊一半這麼早熟懂事的話，我父母肯定會以我為榮。」欣翰露出一臉感慨的表情。

「那你現在努力還不遲啊！」韻如好氣又好笑的說著。

「哈哈！說的也是。」欣翰大笑的說。

「原以為我的養父母會因此順利的找到其他不幸的孩子領養，沒想到他們知道進章叔叔發生意外，離開人世的時候，他們更加積極的詢問社會局能否幫他們向美月嬸嬸說情，讓他們能夠領養我，對彼此都能達到雙贏的局面。」韻如接著說。

「所以他們一直有跟美月嬸嬸接觸嗎？」欣翰問著。

「我想是吧……不過美月嬸嬸卻因為迷信那個壞鄰居的說法，才會這樣的對待我，美月嬸嬸她只是單純的想讓義弘哥哥不會被『魔神仔』招來不幸罷了。」

「那……韻如學姊，那位傷妳最深的美月嬸嬸，她最後……」

「因為殺人未遂，但致人於重傷，加上我身上多處的傷疤構成的傷害罪，共被判處三年有期徒刑……」韻如依稀記得被判刑確定時，義弘哥哥在一旁痛哭的模樣，突然一陣鼻酸。

「那現在那位美月嬸嬸應該出獄了吧？」欣翰猜測的說。

「對呀！她出獄了，那就是我接下來要講的事情……」韻如深吸了一口氣。

16 原諒

韻如從書包拿出了一本泛黃的故事書，上面斗大的標題寫著「賣火柴的女孩」，韻如翻了幾頁故事書，上面依稀可見空白處寫滿密密麻麻的文字。

「這些文字是？」欣翰指著故事書上的文字，感到不解。

「講這本故事書上面的文字來由之前，有封信要給你看一下。」

「信？」

「喏！在這裡，這是他四年前寫給我的，也就是這個契機，我們才開始連絡，直到現在。」韻如翻到其中一頁，裡頭夾著一封信。

信的上面收信人是陳韻如，寄信的人竟然是陳義弘。

「這是妳那位義弘哥哥寫給妳的嗎？他媽媽被判刑後，他到哪裡去了？」欣翰驚訝的問著。

韻如沒說一句話，只將信紙拆開來遞給欣翰看。

「韻如妹妹最近好嗎？想想我們已經一年多沒見面了，想必妳可能也不想再見到我了，因為以前我竟然這麼惡毒的對待妳。唉！現在想起來，都會感到慚愧。我也體會到寄人籬下是什麼滋味，雖然這個新家庭對我還滿友善的，但是底下多了兩個弟弟，對我可是拒於門外那種情感，說明白點，就是遇到難以相處的那種瓶頸。不過我想，這有什麼不能克服的？韻如妹妹捱過來的痛苦，是我目前的幾百、幾千萬倍，所以下次寫信給妳的時候，一定會跟妳報告那兩個頑皮鬼的近況。

當然寫給妳這封信還有別的含意，那就是我媽媽再一年多就要出獄了，雖然我知道妳真的很恨她，就算嘴巴上說不恨。因為轉換立場的話，我都能想像出自己會恨得多麼牙癢癢的，記仇記到世界末日也說不定。

雖然要妳原諒我媽媽那是不可能的事情，畢竟她對妳的影響可能存在一輩子，那種恐懼不是幾句話可以帶過的，只求韻如妹妹妳能夠撥個空，來看看她吧！這是我以身為妳哥哥的身份，乞求著。

註：就算韻如妹妹妳不想去，我也不會怪妳的，所以別把這種事情掛在心上，由衷的希望妳學業、親情、友情甚至愛情都是名列前茅。

想念妳的哥哥義弘敬上」

「呼……」欣翰吐了大大一口氣後，便把信紙摺好收進信封裡。

「所以那位義弘哥哥也是給人收養了喔……好像是種因果循環一樣。」欣翰給這封信下了註解。

韻如沒有對欣翰的註解多加回答些什麼，默默的將欣翰遞回來的信紙小心翼翼的收好。

「所以，韻如學姊，妳收到這封信以後，有回信給他嗎？」欣翰順手將信紙的一些大概內容寫進筆記本裡。

「當然有呀！不過內容可就是私人瑣事居多，我這邊就不再多加贅述。」韻如揮手表示不要再追問回信內容。

「那最後，我想給這個採訪定下一個總結，我想韻如學姊一定知道接下來我要問的這個問題。」欣翰雙手手指交叉在胸前。

「答完這個問題之後，就可以放我回家了嗎？」韻如擺出求饒的姿勢。

「當然囉！我可沒有綁住學姊的本事。」欣翰靦腆的笑了一下。

韻如淘氣的吐著舌頭說：「開玩笑的，趕快問你想知道的吧！」

「咳咳！」

欣翰清清喉嚨說：「總結就是……妳有去探望過那位美月嬸嬸嗎？」

韻如一副早知道欣翰會問這個最令人難以啟齒問題的樣子，抿著嘴想了一下，緩緩的說出了答案。雖然用三言兩語很難想像那種畫面，但是韻如心中卻是永遠記得……那段苦澀的回憶。

就在四年前收到義弘哥哥那封信的幾個禮拜後，我鼓起勇氣到了監獄……

一個狹小的監獄四人房裡，一位身穿制服的女性管理員走了過來。

「〇二一七，外頭有妳的親戚來探望妳，趕快準備一下。」監獄管理員說。

「是誰？我兒子嗎？」滿臉滄桑的女人問著門口的管理員。

「我怎麼知道是誰！等會外頭手續辦好了，妳就可以知道是誰了。給妳五分鐘的時間整理儀容，別讓外面的人以為監獄裡面都是這樣對待犯人的！」監獄管理員催促著女人。

「好、好，我現在就整理一下！」

儘管那位管理員口氣並不好，但是眼前這位女人似乎不介意的樣子，反倒是有種期待的心情。

十分鐘過去，二個看守員跟著那位管理員走了過來，到了那位女人的牢房前面停下腳步。

「開門。」管理員像是發號施令一般，身旁的看守員隨即解開門鎖。

「快點、快點！」女人在一旁催促著。

「妳急什麼！妳再不配合一點，待會會客時間縮短五分鐘！」管理員兇神惡煞的樣子。

女人望了管理員一眼不斷點點頭，頓時安靜了下來。

「喀——」

門緩緩轉開，女人彎著身子走出矮小的鐵門。

看守員使著眼色，要她配合的銬上手銬，只見她乖乖的伸出雙手，任憑兩位看守員粗魯的將手銬銬上。

「我兒子這次又帶了什麼來呀？」女人面帶微笑的問著管理員。

管理員頗不以為然的冷笑了一下：「兒子？哼！」

「難道不是我唯一的乖兒子來看我嗎？」女人突然皺著眉頭說。

「管妳是誰來，妳的私生活我管不著。趕快走吧！別耽誤我的時間。」管理員一臉嫌惡的面容。

走了好長的一段路，才到了會客室的房門，走進會客室裡面，看到透明的窗口早已經有位秀氣的女孩子在那裡等候多時。

女人眼睛瞪得大大的看著那位秀氣的女孩。

只見窗口外的女孩站起身來，點頭致意著說：「美月嬸嬸……」

「我不想見她！」叫作美月的女人轉身要離去。

「妳說不想見就不想見呀！當做妳是誰？給我回去！」管理員大聲斥喝著。

美月才心有不甘的走到窗口前的座位上，眼神像是仇人般的直視著那位女孩子。

「陳韻如……妳來嘲笑我的吧？」美月嬸嬸一個一個字慢慢說出來，深怕眼前這位叫作陳韻如的女孩子沒聽清楚。

「不是這樣的……」面對兇神惡煞的美月嬸嬸，我卻只是低著頭，閃躲她的銳利眼神。

「妳不是來這裡嘲笑我？難道是來感謝我的嗎？哈哈！」美月嬸嬸冷嘲熱諷的笑著。

我還是依舊低著頭不發一語。

美月嬸嬸斜眼看了我一眼說：「回去吧！我不需要妳的同情。」

我忍著心中長久以來的恐懼，抬起頭狠狠的瞪著眼前這位不友善的女人。

「同情？憑什麼要同情妳？妳所帶給我的一切，是每天每晚的夢魘。我多麼的希望妳消失在我的眼前，那種恨……妳可曾感受到？」我雙眼通紅的說。

美月嬸嬸以不屑的眼神望著其它地方，絲毫不想與我對上眼。

我又接著說：「對……我是這麼的不值錢，是個人人喊打的賠錢貨……每天只能與垃圾為伍，和廚餘為伴，沒有自由、沒有朋友、沒有溫暖……對妳的回憶滿滿的都是這些……不堪入目的景象……」

「妳……」美月嬸嬸聽到這些針對她的話感到不快，卻又是真實的令人啞口無言。

「好恨喔……明明那麼恨妳，卻還要來看妳，還跟義弘哥哥保證一定會做到，這麼虛偽的諾言，根本就不該去兌現……」我流下了兩道淚痕。

「妳住嘴……」

美月嬸嬸泛紅的眼睛裡充滿了淚水，只是不曉得是悔恨還是憤怒所流下來的眼淚。

「我來這裡……只是想把我心中的話，如實的發洩出來如此而已。假如妳要說這是同情的話，或許有一點……但是，那也是同情我自己罷了。」我站起身，像是會談完畢準備離開的動作。

「妳離開！給我離開！我不想看到妳！」美月嬸嬸歇斯底里的喊著。

「〇二一七，妳們會談音量放輕一點！」一旁的看守員不耐的罵道。

美月嬸嬸和我轉頭看了那位看守員一眼。

「是，我會離開的。但是……我會一直來看妳的，因為這是我唯一報復妳的手段。」我輕聲的說。

我轉身走了幾步後，回頭對著美月嬸嬸說：「我請管理員幫忙轉交一本書給妳，不管妳是要看，還是撕毀它，都由妳決定。」

透明窗口的另一邊，美月嬸嬸卻是抱頭痛哭著。

記得那天天氣很冷，心裡頭更冷，但是沒有比坦白更解氣的做法。事情說開了，反而是解開彼此之間的枷鎖，之後，就如同自己所宣告的報復手段般，一有空，便往監獄跑。

「妳來做什麼？我不想見到妳！」

美月嬸嬸每次見到我來的時候，總是會說這一句話，但還是會和我交談到時間結束。

我沒把美月嬸嬸的氣話放在心上，每次來探監的時候，總是先把自己的近況、遇到不如意的事情，一五一十的報告出來，也不管美月嬸嬸是不是聽得下去。就這樣一次、兩次的見面後，從謾罵、水火不容到偶爾聊近況說八卦，這中間的艱苦現在還是歷歷在目。

在美月嬸嬸坐牢時間屆滿的幾個月前，我正面臨高中的升學考的關係，已有許久沒去探望美月嬸嬸了，等到那次探監的時候，才知道有件事情即將變成兩人之間的秘密。

「〇二一七，外頭有妳的親戚來探望妳，趕快準備一下。」監獄管理員打著哈欠意興闌珊的說。

「嘿！等等，我們來賭一下好不好？賭待會來見我的是個女孩子，一包菸就好！」美月嬸嬸對著鐵牢外的管理員說。

「神經！妳快點準備啦！別拖我時間。」管理員不耐的說著。

「呵呵！」美月嬸嬸訕笑的臉龐。

等待一段時間後，走到會客室的美月嬸嬸一看到我的時候，開心極了。

「我猜對了吧！是個女孩子。」美月嬸嬸轉頭向管理員炫耀著。

只見管理員根本不想理會眼前這位女人，向一旁的看守員強調會客時間的管制，之後就離開這個房間。

美月嬸嬸擺出無奈的姿勢，走上透明的窗台。

看著眼前這位亭亭玉玉的女孩，美月嬸嬸笑得眼睛都瞇成一直線。

「美月嬸嬸。」我禮貌性的叫著眼前這位女人。

「唉呀！這不是韻如嗎？打扮得漂亮囉！越來越有女人味，我都快認不出來了。」

美月嬸嬸站起身來，對著窗口外的我仔細的評頭論足，接著說：「看來上次建議的事情妳都做到了……打扮美美的，可是女人最重要的武器唷！」

我瞇著眼，靦腆的搖搖頭。

「來，告訴嬸嬸妳最近過得怎麼樣？應該沒什麼問題吧？」美月嬸嬸緩緩坐下來。

「還不錯，周伯伯和許阿姨都對我很好。」我像是閒話家常般的聊著。

「喔……那就好了。」美月嬸嬸心滿意足的說。

兩人之間的講話額度，像是用盡的樣子，有一些時間都在沉默中度過。

「現在快畢業了吧？不是要升學考了？還是已經考完了？上次妳好像跟我說過，會有一段時間要準備應試，沒什麼時間來這裡……」講到這裡，美月嬸嬸還有些不好意思，便轉個話題說：「那有沒有考到好學校？」

「那個……已經考完了，才剛放榜沒幾天，託妳的福，我有考到我的第一志願。」我很禮貌的說。

「哇！真的好厲害喔！哪像我家那個孩子啊！上次來才跟我說，他大學考不到公立的，所以直接投入職場，真的是……」講到義弘哥哥，美月嬸嬸的心情就開始低落下來。

「美月嬸嬸，妳別擔心。義弘哥哥每個月都會跟我通信一次，就我所知，他現在在一間機車行當學徒。雖然剛開始待遇不是很好，但是他說過，等美月嬸嬸出來以後，他會開始賺很多錢來報答美月嬸嬸的養育之恩的……」我說完從皮包裡拿出這個月義弘哥哥寄給自己的信，完完整整的攤開來，好證明自己不是信口開河。

美月嬸嬸伸長了脖子，正吃力的看著隔一道玻璃牆的信上的字體。

「啊！真的是義弘的字耶！不過那孩子的字還是一樣醜……」美月嬸嬸數落著義弘哥哥寫的字體。

這一瞬間，兩人在會客室笑得合不攏嘴。

我擦著因為笑得太過火而流淚的眼角說：「我會幫妳轉達給義弘哥哥的，可能下次他就會特別寫好看一點。」

「好希望能見到妳跟義弘一起過來的景象……」美月嬸嬸感慨的說。

「嗯！一定可以的。」我篤定的說著。

一個看守員走上前，提醒著會客時間快結束了，要兩人長話短說。

「韻如，剛剛我有請這裡的管理員拿一本故事書給妳，可能他們檢查過了以後，妳就會看到了。」美月嬸嬸比手劃腳的說。

「是我給妳的那本書嗎？為什麼要還我呢？」我疑惑的問。

美月嬸嬸卻心事重重的樣子，直搖頭說：「妳打開之後，就會知道了。」

「美月嬸嬸，怎麼了？」我擔心的說。

「韻如啊……妳老實的告訴嬸嬸，妳現在還會不會恨我……」

我抬頭想了一會。

「或許心裡還是有那麼點恨意，但是現在呢……我卻可以跟妳侃侃而談，這不是最好的證明嗎？」

聽到我這樣回答，美月嬸嬸終於眉開眼笑了。

我看著一旁的看守員走了上前，似乎時間已經到了。美月嬸嬸緩緩起身走回原先出來的大門，卻突然想到一件事情，回頭對著我說：「也許這次是我們最後一次見面了……」美月嬸嬸淺淺的笑著。

「為什麼？」我驚訝的將手貼在透明窗上。

「因為妳我都要學習忘掉彼此之間的回憶，就像從來都不存在的樣子……」

美月嬸嬸好像在告訴我說：「妳的惡夢已經結束了，沒必要再回頭去品嘗那種滋味，淡忘是唯一的選擇。」

美月嬸嬸往大門走去，任憑我怎麼的呼喊，美月嬸嬸依然漸漸的消失在門的一端。

從管理員手中接過當初借給美月嬸嬸的書，我開始翻閱著裡面的內容。除了原先的文字之外，上面很明顯的出現美月嬸嬸的筆跡，每一段故事都有她的看法和想法，故事的結局，也被她用筆跡修改成圓滿快樂的結尾。封面最後留下了一段話……

韻如有件事情拜託妳，千萬別讓義弘那孩子知道嬸嬸提早假釋出獄了，不然他一定會放棄他現在的家庭來照顧我，又得跟著我一起吃苦。所以請妳成全嬸嬸，讓我好好的重新來過吧！

愛妳的美月嬸嬸留

我遵守了諾言，沒把實情告訴義弘哥哥，所以之後也不知道美月嬸嬸的行蹤了。

她就像斷了線的風箏一樣，音訊全無，我或許多少能體會美月嬸嬸的想法，畢竟自己是殺人未遂犯，沒理由去拖累正在努力奮鬥的義弘哥哥吧！

我也一直深信著……時間久了，真的會淡忘一切。

所以，那些過往的回憶，該說再見了……

17 雨中的解答

天色灰暗的街道上，欣翰陪著韻如有說有笑的走回家。雖然在學校裡，韻如不斷的婉拒著說不用麻煩之類的話，但是聽過韻如的故事後，想保護她的想法不斷的從欣翰心中油然升起。

「到這裡就好了，謝謝欣翰學弟送我回家。」韻如突然轉身對欣翰說。

「這裡就好了嗎？」欣翰知道韻如沒說出口的那種不方便，只能擔心的詢問一下。

「這裡離我家很近了，你就別這麼掛心，早點回去休息吧！」韻如一如往常帶著微笑的說。

「嗯！好吧！我回去了喔！」欣翰揮著手。

就在韻如準備轉身離開的時候，遠方一位老先生拿著拐杖快步走了過來。

「你這小子想對我們家韻如做什麼！」老先生不分青紅皂白，準備拿起手中的拐杖往欣翰身上打過去。

「爸！他是我學校的學弟，不是壞人！」韻如張開雙手擋在欣翰的身前。

面對突如其來的險境，冷汗直流的欣翰結巴的說：「想、想必這位是周伯伯吧！對不起，這麼晚了還來打攪周伯伯，哈哈、哈……」

「喔！是這樣啊！我以為韻如這孩子那麼晚還沒回到家，是不是路上遇到什麼壞人之類的。瞧我這急性子，差點就錯打了你，真是抱歉啊……」韻如的養父周伯伯急急忙忙的跟欣翰道歉。

韻如也嚇壞了，喘了幾口氣，趕緊上前扶著周伯伯。

「爸！你也真是的，我不是說過今天有些行程會晚些時間回到家嗎？」韻如沒好氣的說著。

「哈哈！小伙子你叫什麼名字啊？」周伯伯搔著頭，歉容滿面。

「周伯伯，叫我欣翰就可以了。」

「欣翰啊！吃過飯了沒？」周伯伯問著。

「哎……」欣翰難為情的不知道如何回答。

「那就一起來我們家吃啊！」周伯伯十分好客的說。

「周伯伯，不用了啦！我吃慣了家裡附近的麵攤……」欣翰笑得有些不知所措。

「吃外面的東西，不如來我們家嚐嚐內人的手藝！」周伯伯一聽到欣翰半透露出自己家裡沒人煮晚餐的情況，便強拉著欣翰往自個家裡走去。

「我爸爸熱情的邀約了，看來你是沒辦法拒絕了喔！」韻如發笑的看著欣翰。

嚐到許阿姨精湛的手藝，再加上幽默風趣的周伯伯不斷講著笑話，讓原本是這頓晚餐的局外人，好像融入這個家庭一樣。此時此刻，欣翰真的有些羨慕韻如擁有這麼好的爸爸和媽媽。

飽餐一頓後，拗不過周伯伯熱情又堅持的要求，一定要送欣翰走一段路回家。

「小伙子，怎麼樣？我家韻如那孩子，你覺得如何？」周伯伯突然在聊著韻如的往事中，問了欣翰這麼一句。

「不、不是周伯伯想的這樣，韻如學姊只把我看做學弟罷了。」欣翰有些尷尬的回答。

「唉！」周伯伯打趣的揮揮手。

「正常交往是天經地義的事情，我和我老婆都是老師的事，你剛剛也知道了啊！說到底，現在的學生總是被教育著，先以課業為重，兒女私情以後再說，但是我倆絕對不會干涉韻如那孩子的感情世界。」

聽到周伯伯如此坦白，欣翰似乎鬆了一口氣。

「平常那孩子總是把情感壓抑起來，我們都看在眼裡。但是這幾天，我卻感受到那孩子真正的笑容，好像是把心底的秘密全部宣洩出來，這可要歸功於你啊！」周伯伯拍拍欣翰的肩，就像剛剛在飯桌上，看著採訪韻如的文章，露出感激的眼神。

「那是因為我運氣不錯，才輪到這個機會採訪韻如學姊，她真是個很特別的女孩子……」欣翰發現自己的臉頰有些發燙。

「你這小伙子！不錯、不錯，以後你得加把勁多往伯伯家裡跑，知道了嗎？哈哈！」周伯伯大笑的說。

原來韻如口中的幸福，並不是憑空想像而來的，果然是真的需要身歷其境才能體會的到。

隔天欣翰把韻如的故事集中起來，準備加進學校裡發行的青年校刊裡面，窗外卻傳來稀哩嘩啦下雨聲，原本悶熱的柏油路上，散發出特有的氣味。

「叩叩！」門外傳來清脆的敲門聲。

「請進。」欣翰說。

看到走進門的韻如，欣翰眼睛瞪得很大的說：「學姊，怎麼來了？」

「剛剛指導完學妹的課業，準備回家的時候，就突然下起大雨了，所以想說來這裡晃晃。」韻如望著窗外的雨滴。

「真的是運氣不好啊！但是呢……」欣翰起身走到置物櫃，將置物櫃打開來說：「一成不變的等待，或許會等到很晚才能回到家，所以遇到不如意的時候，四處轉轉的話，也許會碰到預想不到的結果。喏！」

欣翰的手中多了一把雨傘。

「好一個大道理。」韻如笑了出來。

「走吧！我送妳回去吧！」

就像欣翰所講的一樣，或許故事中的某個人，也還在往事裡鑽牛角尖，等到想通的時候，自然而然的，那個機會就會出現。就在欣翰和韻如走出學校後，遇到一位全身淋濕的女人站在校門外注視著韻如。

「……美月孊孊！」韻如驚訝不已。

欣翰識相的往天空看了一看，對一旁的韻如說：「學姊，我覺得今天的天氣好熱喔！」

韻如不解又疑惑的看著欣翰。

「所以……」欣翰抓著韻如的手，將握在手中的雨傘，交給了她。

「今天我想淋雨回家！明天……我等著妳給我故事最後的結局。」欣翰眨眨眼，轉頭奔跑在回家的路上。

任憑雨勢變得多大，欣翰心裡卻是期待著「這個故事真正的結局」。

勵志學堂：21

賣火柴的女孩

作　者◇阿貴
出版者◇培育文化事業有限公司
執行編輯◇禹金華
社　址◇22103 新北市汐止區大同路三段一九四號九樓之一
TEL　（〇二）八六四七—三六六三
FAX　（〇二）八六四七—三六六〇

總經銷◇永續圖書有限公司
劃撥帳號◇18669219
地　址◇22103 新北市汐止區大同路三段一九四號九樓之一
TEL　（〇二）八六四七—三六六三
FAX　（〇二）八六四七—三六六〇
E-mail　yungjiuh@ms45.hinet.net
網　址　www.foreverbooks.com.tw

法律顧問◇中天國際法律事務所　涂成樞律師　周金成律師
出版日◇二〇一一年十二月

國家圖書館出版品預行編目資料

賣火柴的女孩 / 阿貴 著. -- 初版.
-- 新北市 : 培育文化, 民100.12
面 ;　公分. -- (勵志學堂 ; 21)
ISBN 978-986-6439-66-7(平裝)

859.6　　　　100020607

培育文化讀者回函卡

謝謝您購買這本書。

為加強對讀者的服務，請您詳細填寫本卡，寄回培育文化；並請務必留下您的E-mail帳號，我們會主動將最近"好康"的促銷活動告訴您，保證值回票價。

書　　名：賣火柴的女孩

購買書店：＿＿＿＿＿市／縣＿＿＿＿＿＿＿書店

姓　　名：＿＿＿＿＿＿＿＿＿＿　生　　日：＿＿年＿＿月＿＿日

身分證字號：＿＿＿＿＿＿＿＿＿＿＿＿＿＿＿＿＿

電　　話：(私)＿＿＿＿＿(公)＿＿＿＿＿(手機)＿＿＿＿＿

地　　址：□□□－□□

　　　　：＿＿＿＿＿＿＿＿＿＿＿＿＿＿＿＿＿＿

E-mail：＿＿＿＿＿＿＿＿＿＿＿＿＿＿＿＿＿＿

年　　齡：□20歲以下　□21歲～30歲　□31歲～40歲

□41歲～50歲　□51歲以上

性　　別：□男　□女　　婚姻：□單身 □已婚

職　　業：□學生　□大眾傳播　□自由業　□資訊業

□金融業　□銷售業　□服務業　□教職

□軍警　□製造業　□公職　□其他＿＿＿＿＿

教育程度：□高中以下(含高中)　□大專　□研究所以上

職位別：□負責人　□高階主管　□中級主管

□一般職員　□專業人員

職務別：□管理　□行銷　□創意　□人事、行政

□財務　□法務　□生產　□工程　□其他＿＿＿＿

您從何得知本書消息？

□逛書店　□報紙廣告　□親友介紹

□出版書訊 □廣告信函　□廣播節目

□電視節目 □銷售人員推薦

□其他＿＿＿＿＿＿＿＿＿＿＿＿＿＿＿＿

您通常以何種方式購書？

□逛書店　□劃撥郵購　□電話訂購　□傳真　□信用卡

□團體訂購 □網路書店　□其他

看完本書後，您喜歡本書的理由？

□內容符合期待　□文筆流暢　□具實用性　□插圖生動

□版面、字體安排適當　□內容充實

□其他＿＿＿＿＿＿＿＿＿＿＿＿＿＿＿＿

看完本書後，您不喜歡本書的理由？

□內容不符合期待　□文筆欠佳　□內容平平

□版面、圖片、字體不適合閱讀　□觀念保守

□其他

您的建議：＿＿＿＿＿＿＿＿＿＿＿＿＿＿＿＿＿＿

＿＿＿＿＿＿＿＿＿＿＿＿＿＿＿＿＿＿＿＿＿＿＿

剪下後請寄回「22103新北市汐止區大同路3段194號9樓之1培育文化收」

請用膠帶黏貼

廣告回信
基隆郵局登記證
基隆廣字第200132號

2 2 1 - 0 3

新北市汐止區大同路三段194號9樓之1

培育文化事業有限公司

編輯部 收

請沿此虛線對折免貼郵票，以膠帶黏貼後寄回，謝謝！

為你開啟知識之殿堂